La revanche du vampire

Félicité Annick Foungbé

La revanche du vampire

Avant-propos

La suite du *Terrible Secret*...

Éliane et Cédric affrontent la pire épreuve de leur vie. Le vampire s'est glissé dans leur intimité. Pourront-ils vaincre ce démon?

Dédicace à mon époux…

J'embrasse mes chères filles.

Merci à tous les amoureux du Terrible Secret. Votre enthousiasme est une source d'énergie positive.

Félicité Annick Foungbé

1

Tout à coup, la violence du vent a forcé la fenêtre, arrachant le rideau, exposant la chambre à la furia de la tempête. Par la fenêtre ouverte, des grêlons ricochent dans tous les sens. Des branchettes et des brins d'herbes mouillées maculent les murs et la moquette. Un craquement sinistre emplit la pièce tandis qu'une branche d'ylang-ylang s'y engouffre, telle une tête de pantin fêlé. Un peu partout sur la moquette, jaillissent des cristaux de verre.

Le craquement s'amplifie, tandis qu'une boule de feu illumine le jardin. Dominant le centre du jardin, l'ylang-ylang vient d'être frappé en plein cœur par la foudre. Tétanisée par la terreur, Éliane parvient à s'extirper du faux cocon des draps mouillés. Elle a par mégarde renversé son bol de chicorée. Au pied du lit, le polar qu'elle lisait s'avachit sur la moquette imbibée tel un linge trempé dans un baquet d'eau froide. Un brouhaha de voix angoissées emplit la demeure cossue, cependant que la tempête tonitrue sa furia. Quelques coups tambourinés à la porte, et une domestique jaillit une serpillère et un seau à la main pour aider au nettoyage de la chambre.

—Madame, Ô madame, la tempête a arraché tous les stores de la véranda! annonce-t-elle une lueur de panique dans le regard.

—Ô mon Dieu!

Serrant fébrilement les pans de son peignoir aspergé de gouttes de pluie, Éliane se met en route pour évaluer les dégâts. L'air s'est considérablement rafraîchit. Des gouttes de pluie mêlées de grêlons tambourinent sans arrêt contre la toiture et les vitres de la demeure. Au niveau de la véranda, un paysage apocalyptique lui arrache un léger cri de stupeur. Tous les stores sont effectivement arrachés et traînent épars dans le jardin dévasté. Les magnifiques rosiers ont été malmenés et soufflés par la furia du vent. Des pétales chiffonnés jonchent la pelouse creusée de rigoles.

Au centre du jardin, l'ylang-ylang achève de se consumer en une noire sinistre fumée. Bras ballants, regard hagard, Éliane observe comme dans un rêve, le chauffeur, le jardinier et la cuisinière se démener pour ranger le tumulte de la véranda. Les housses des fauteuils en fer forgé sont complètement imbibées d'eau, maculées d'herbe et de terre mouillée. Des céramiques soufflées par le vent forment un malheureux puzzle sur le carrelage. Quelques tableaux d'art naïf accrochés au mur pleurent des larmes jaunes, vertes, pastelles... quel gâchis!

Échangeant quelques bribes de mots avec les domestiques, Éliane s'isole ensuite dans une pièce contiguë à la chambre conjugale. Elle a le sentiment d'une prémonition. Ce déchaînement d'éléments contre la villa est forcément de mauvais augure. Le regard vague, Éliane appréhende la suite des événements. Durant ces quinze années de mariage avec Cédric, elle a vécu une existence plutôt tranquille. Comblée et choyée par son époux, la naissance des enfants est venue consolider leur amour.

Un voile de tristesse assombrit le regard d'Éliane. Elle se rappelle la veille de son mariage avec Cédric. Tout a failli basculer à cause de la jalousie de Prisca Gondo, une amie perdue de vue depuis. Qu'est-elle devenue et pourquoi Éliane n'a plus eu aucune nouvelle ? Éliane revoit la silhouette pulpeuse de Prisca, ses yeux gourmands, ses accès de fou-rire, mais également ses sous-entendus mesquins…

Le front barré d'une ride soucieuse, Éliane se passe une main moite dans les cheveux. Au diable Prisca Gondo! Pourquoi y repenser maintenant? À quoi ça rime quinze ans plus-tard? Une véritable amitié ne se nourrit jamais de trahison. Engourdie de froid et de fatigue, Éliane sombre dans un sommeil peuplé de cauchemars. Autour d'elle, grimacent des fantômes du passé : la très hautaine Sophie Gossey et sa carnation de rêve, la silhouette sulfureuse de Prisca Gondo, le rire sarcastique d'Eugène, l'ex-fiancé d'Éliane qui la lâcha comme un paquet indésirable suite au décès accidentel de ses parents.

Tous ces faciès grimaçants affichent des yeux injectés de sang et des crocs de vampires, des crocs qui s'entrechoquent de manière sinistre. Éliane s'enfuit d'épouvante. Un zombie au visage lacéré la poursuit dans un labyrinthe interminable. Il semble partout et nulle part. Tandis qu'il l'empoigne par les cheveux, prêt à la défigurer avec un gigantesque débris de verre, Éliane se réveille en sursaut, la face baignée de sueur dans la fraîcheur du petit matin.

La furia de l'orage a cédé la place à une atmosphère glauque. Aucun bruit ne filtre de la maison. Éliane resserre frileusement les pans de son peignoir. Elle éprouve une sensation étrange. S'efforçant au calme, elle parvient à dissiper les visions cauchemardesques. Il faut qu'elle mange pour se refaire des forces. Trop remuée par l'orage, elle s'est endormie sans dîner.

À pas feutrés, Éliane se dirige dans la cuisine. Les lueurs rosâtres de l'aube pointent à travers les rideaux. Attirée comme par un aimant, elle s'approche des vitres. Cette aube blafarde, glauque, la fait battre en retraite. Inutile d'accentuer son tourment. Dans la cuisine, Éliane déjeune d'une tranche de jambon et d'un crouton de pain. Un fond de chicorée complète son frugal repas. Puis effleurant à peine la moquette, elle regagne la chambre avec son verre de chicorée à demi-plein.

À tout hasard, elle feuillette des albums de famille. Les gaies frimousses des enfants, la face séduisante de son époux et le faciès bienveillant de sa belle-mère dissipent très vite ses angoisses. Les enfants passent un weekend aux côtés de Mâ Rolande à Daloa. Cédric est en voyage d'affaires dans les Pyrénées. Ils seront très vite de retour et le train-train familial reprendra. Éliane éprouve une indicible chaleur à se plonger dans ces images du bonheur familial. Complètement rassérénée, elle sombre dans un sommeil paisible cette fois.

Un peu plus-tard dans la matinée, arborant un boubou coloré pour contraster la grisaille ambiante, Éliane fait le point des dégâts dans le jardin. Entourée des domestiques et de quelques ouvriers embauchés pour l'occasion, elle discute de matériaux et de chiffres. Au centre du jardin, une paire de bûcherons abat le gros ylang-ylang calciné par la foudre. Alertés par le tumulte, quelques voisins accourent aux nouvelles. La déflagration de la foudre et l'ylang-ylang en feu ont tenu le voisinage en émoi. Quelques voisins demandent obligeamment des nouvelles de Cédric et des enfants. Éliane est très sensible à ces marques de sympathie. Elle remercie les uns et les autres pour leur sollicitude. Un brouhaha d'ouvriers et de camions de déménageurs attire l'attention sur la villa d'en face.

—Ce sont les nouveaux voisins, renseigne madame Gola, une voisine un peu commère. Ils ont racheté la villa. Ils emménagent tout juste.

—Ah! on peut dire qu'ils ont bien choisi leur moment, observe Éliane d'un ton neutre.

—Et comment! glousse madame Gola.

—Espérons qu'ils seront tout aussi commodes que les Kessé.

—Ça, on l'espère tous!

Les Kessé ont déménagé une quinzaine de jours plus-tôt. La famille a mis le cap sur une station balnéaire où le père projette d'investir dans l'hôtellerie.

—Il paraît que la dame vient des États-Unis. Une certaine Samantha Lonin, vous connaissez?

—Non, navré, sourit Éliane. Une expatriée?

—Une richissime de la diaspora. On la dit impeccable jusqu'au bout des ongles. Un ancien mannequin, je crois.

—Ah oui?

—Absolument. À côté d'elle, nous autres avons l'air de souillons.

Devant la mine comique de sa voisine, Éliane pouffe de rire.

—Enfin, je parlais pour moi, croit bon de rectifier celle-ci. Vous, ce n'est pas pareil, vous êtes une dame de la haute. Vous avez le style dans le sang.

—Vous exagérez! s'esclaffe Éliane flattée. Nous avons toutes quelque chose d'unique.

Chaussée de mules et le boubou claquant au vent, Éliane raccompagne sa voisine. Madame Gola dont la silhouette replète est enveloppée dans une camisole et un pagne rattachée à la ceinture, papote, les yeux allumés par ces potins échangés entre voisines.

Au portail de la villa d'en face, au milieu d'ouvriers chargés de meubles et de cartons, Éliane aperçoit le profil d'une bombe sexuelle. Madame Gola n'a pas exagéré. Si ce profil est celui de Samantha Lonin, alors elle est extrêmement sophistiquée. Suivant la direction du regard d'Éliane et semblant lire dans ses pensées, Madame Gola communique tout bas ses impressions.

—Vous voyez, quand je vous disais combien elle est raffinée…

Et madame Gola rattache les pans de son foulard, les yeux très intéressés par le brouhaha de la villa d'en face. Ses petits yeux vifs ont tout de suite photographié la silhouette de rêve de Samantha Lonin.

—Ah bien! ça ne va pas manquer d'animation par ici. Une femme pareille affole les cœurs masculins, soupire-t-elle avec une légère note d'agacement dans la voix.

—Elle n'est pas mariée?

—Je ne crois pas.

Éliane prend congé de Madame Gola et regagne sa villa. Au passage, Samantha Lonin tourne délibérément la tête et lui adresse son plus beau sourire et un salut de la main. Éliane répond au sourire et au salut de Samantha Lonin. Une onde de choc parcourt Éliane lorsque son regard accroche celui de Samantha. Une brève et inexplicable sensation de déjà vu trouble son être. Comment et où l'aurait-elle rencontrée? Aux dires de Madame Gola, Samantha rentre fraîchement des États-Unis où elle a longuement vécu.

Dans l'après-midi, Éliane s'offre une séance de relaxation au hammam. Le corps détendu par le bain de vapeur, les huiles essentielles et par un exquis massage, Éliane aborde la vie autrement. La mine fraîche, elle effectue rapidement quelques emplettes au supermarché et marque une halte chez Irène aux Deux-Plateaux. Irène est ravie de la visite d'Éliane. Le mari d'Irène participe à la causerie en étouffant de chatouillis leur cadette âgée de quatre ans. Entre deux tasses de thé et des petits fours dont se bourre la gamine sous les œillades réprobatrices de sa mère, les adultes passent un moment convivial.

—Ah! au fait, nous avons une nouvelle voisine, une expatriée annone Éliane à tout hasard. D'après ce que l'on m'a dit, elle viendrait des États-Unis.

—Ah bon?

Irène semble intéressée par la nouvelle.

—En réalité, je n'en sais pas grand-chose. Nous avons juste échangé un sourire.

—Ces gens qui viennent de loin, je m'en méfie toujours, décrète Irène navrée de ne pas en apprendre plus.

—En règle générale, on a plus à craindre de ceux qui vivent dans la clandestinité, objecte le mari d'Irène.

Lorsqu'Éliane regagne sa villa aux environs du crépuscule, elle ne songe plus qu'à se mettre au lit. Mais à peine est-elle rentrée que la domestique lui annonce une visite de la nouvelle voisine. Un peu à regret, Éliane accepte de recevoir Samantha Lonin.

Enrobée d'une senteur fruitée, et les courbes généreusement mises en relief par une robe noire en lycra, Samantha, les paupières ornées de faux-cils, la bouche savamment maquillée, s'introduit chez Éliane. Tout son être respire la perfection, depuis ses ongles impeccablement manucurés et vernis de noir. Son opulente chevelure auburn accentue le gris de ses yeux. Des yeux de félin envoutants, hypnotiques, lorsqu'ils s'attardent à vous jauger, à vous détailler.

Une coûteuse parure en émeraude lui orne le cou, les oreilles et le poignet. Des boucles d'oreilles en forme de scarabée, un assemblage de pierres montées sur de l'or 18 carats, pointe insolemment à ses oreilles. À son cou, le scarabée retenu par une chaînette en or tellement fine qu'elle se confond avec la peau de Samantha, capte l'attention. Elle porte délibérément le scarabée à son poignet droit. Sa main comparable à une œuvre d'art, enserre celle d'Éliane en un contact plutôt troublant. Samantha Lonin a l'intérieur de la main fraîche et douce comme de l'ouate.

À cause du branle-bas du jardin en réfection, Éliane introduit sa visiteuse dans le salon.

—Mais vous êtes superbement installée! se pâme Samantha en jetant autour d'elle un regard empreint d'admiration.

Et les jambes croisées, exhibant des sandalettes argentées qui soulignent le galbe de ses jambes et la finesse de ses pieds, elle semble réellement admirative de la déco.

—C'est vraiment aimable à vous, remercie Éliane influencée par le personnage de Samantha. On vous sert une limonade?

—Juste de l'eau plate, décline Samantha. Vous savez, je fais attention à ma ligne.

—En effet, approuve Éliane.

La domestique sonnée par Éliane se dépêche avec un plateau et des verres. La mine impassible démentie par l'éclat intéressée de ses yeux, elle mange chaque détail du personnage de Samantha Lonin. Après son départ, un échange cordial s'installe entre les deux femmes. Avec un accent typiquement américain, Samantha Lonin se présente à Éliane sous son meilleur jour. Elle se déclare veuve et dit être rentrée au pays pour concrétiser de nouveaux investissements et se préparer une retraite convenable.

—Je suis navrée pour votre mari, compatit Éliane avec une sincérité non feinte.

Samantha Lonin bredouille des remerciements, les yeux soudain emplis de nostalgie. Et pour la première fois depuis l'entame de leurs échanges, il semble transparaître chez cette femme sophistiquée autre chose que des émotions surfaites et contrôlées.

—Je pense développer un nouveau concept de marketing, lance-t-elle les yeux déterminés, en avalant son verre d'eau à petites lampées.

—C'est très bien pensé, renchérit Éliane heureuse que se referme une parenthèse délicate. En ce moment avec l'allègement des mesures fiscales et les facilités de création d'entreprise, on peut vraiment dire que c'est le printemps pour les investisseurs.

—Ce sont là vos enfants? interroge soudain Samantha Lonin dont le regard accroche un portrait des gosses trônant dans un angle du salon.

—Oui.

Le regard d'Éliane s'anime aussitôt. Elle mettrait des heures à parler de ses enfants.

—Ils sont adorables, concède Samantha Lonin d'une moue radieuse.

—Vous avez des enfants?

—Jusque-là, le boulot ne m'en a pas vraiment laissé le temps, avoue-t-elle un peu gênée. Mais bon, le rêve est toujours permis puisque je ne suis pas aussi vieille après tout.

Elle éclate d'un rire perlé qui doit occasionner des ravages dans les cœurs masculins. Samantha et Éliane se découvrent le même âge, trente-six ans.

—J'ai l'impression que nous avons énormément de choses en commun, se réjouit Samantha. J'espère sincèrement que nous serons plus que de simples voisines. Vous savez, on a coutume de dire que les premiers parents, ce sont les voisins.

—Vous m'êtes sympathique et je suis réellement enchantée de faire votre connaissance, acquiesce Éliane.

—Mais alors, pourquoi on se vouvoie?

Cette question de Samantha posée sur un ton comique déclenche l'hilarité des deux dames. Dans le salon cossu meublé d'objets d'art africain et de fauteuils en cuir, s'échappent des notes de gaieté qui édulcorent la morosité du jardin endeuillé par le drame du majestueux ylang-ylang calciné par la foudre. Ces notes de gaieté, fraîches comme une sérénade ancienne rejoignent dans leur quartier, les domestiques qui s'extasient de leur côté sur l'extraordinaire beauté et le raffinement de Samantha. Une femme belle et éduquée, c'est comme une aurore boréale dont on ne lasse de contempler les charmes.

Tandis qu'elle raccompagne Samantha Lonin, Éliane s'attarde malgré elle sur les courbes de sa nouvelle amie. Semblable à une seconde peau, la robe en lycra dévoile à la perfection tous les contours de la silhouette de Samantha. Les hanches en amphore, la croupe callipyge, les épaules carrées et le buste généreux, Samantha se sait d'une beauté irrésistible et se donne les moyens pour étaler ses arguments. Quelle silhouette!

De son passé d'ancien mannequin, elle a conservé un balancement étudié de la taille qui accroche les regards à son fessier dont les mouvements souples et harmonieux semblent des pas de danse effectués sans fausse mesure. Et tout à coup, s'impose de nouveau à Éliane une improbable sensation de déjà-vu. Mais à quel moment se serait opérée une rencontre entre deux êtres qui ont jusque-là vécu sur des continents différents? Samantha est née et a toujours vécu aux États-Unis, hormis quelques brèves incursions sur ses terres d'origine.

À la porte de la villa, Samantha et Éliane échangent une chaleureuse poignée de main et une franche accolade. Les joues fraîches de Samantha effleurent celles d'Éliane en une paire de bisous parfumés et légers comme des rayons lunaires. Tandis que se referme le portail d'Éliane, Samantha disparaît dans l'embrasure de son propre portail que vient de lui ouvrir son gardien. Dans la ruelle, s'attardent des notes de son parfum fleuri.

Éliane ne tarde pas à se mettre au lit, la tête encore bourdonnante de la visite de Samantha Lonin. Ce n'est pas la première fois qu'elle rencontre une dame dotée d'une forte personnalité, car en plus d'être belle, Samantha a assurément du caractère. Toutefois, il y a quelque chose de différent. Est-ce le fait d'avoir longuement vécu aux États-Unis ? Peut-être est-ce là une particularité de son métier de mannequin : imprimer à son être un cachet unique, lui conférer un soupçon de mystère pour accentuer son charme.

2

Plus-tard dans la nuit, des coups de sonnette et le branle-bas des domestiques tirent Éliane d'un sommeil peuplé de rêves fleuris. Quel bonheur mon Dieu! Cédric est de retour plus-tôt que prévu. Il a embarqué au dernier moment dans un vol en provenance de Paris pour rejoindre son épouse. Tandis que les domestiques se chargent des valises de Cédric, Éliane se jette éperdument dans les bras de son époux.

—Oh ! mon amour! tu m'as tellement manqué.

Les traits étirés par la fatigue, Cédric n'en demeure pas moins séduisant et d'une forte prestance. Grand, la silhouette athlétique, les tempes parsemées de gris, le nez aquilin et le regard franc, il se dégage de son être un tel magnétisme. Éliane en a été subjuguée dès le premier jour.

—Éliane, mon Éliane…

Les lèvres de Cédric enserrent celles de sa femme en un tendre baiser. Au contact de la langue chaude et veloutée de son mari, Éliane éprouve une brusque déferlante de volupté. Chacune de ses fibres dermiques en appelle à l'intrusion conquérante de Cédric. Insensible à la présence des domestiques, il la soulève tel un fétu de paille. La chambre conjugale remise à neuf les accueille avec le charme de ses draps parfumés de lavande, le chatouillis de la moquette et le cocon du matelas.

—J'ai envie de toi, murmure Éliane les yeux noyés de désir.

—Moi aussi… juste une minute.

Et tandis que Cédric se dépêche de prendre un bain, Éliane vit de véritables moments de torture, l'être en feu, telle une terre craquelée avide de sa première ondée. Il se découpe dans l'embrasure de la salle de bain, beau comme une antique statue de dieu, le corps musculeux à travers l'étoffe du peignoir rattaché à la hâte. Sur un coin de la moquette, son blue-jean et son polo clair forment un amas chiffonné.

—Cédric, Ô Cédric…

En une enjambée, il rejoint son épouse qu'il couvre de baisers et de caresses. Ses paumes chaudes et viriles réimpriment leur marque au corps d'Éliane. C'est sa femme, sa tendre moitié, la mère de ses enfants. Au fil des années, au gré des différentes maternités, son corps a mûri… il trouve fascinants ses traits épanouis. Un léger affaissement des seins ne le rebute point. C'est la marque de ses assauts de mâle, de sa puissance conquérante. Éliane a porté ses enfants bien-aimés. Son corps épanoui le lui chante à chaque étreinte, comme la douce mélopée du gondolier lors de leur voyage de noces à Venise. À chaque union charnelle, il s'enorgueillit de chacune des graines de vie semées dans ce magnifique corps de femme.

—Éliane mon amour…

Repu de caresses, le membre douloureusement érigé, il se replonge dans ce sublime corps féminin dont il a l'exclusive propriété.

—Cédric… Cédric…

Éliane s'agrippe à son homme comme à une bouée de sauvetage. Elle se grise de sa senteur boisée. Tant de bonheur est-il possible? Lorsqu'il se met à lui chuchoter des mots doux sous une poussée orgasmique, Éliane ne peut se retenir et lui implante ses ongles dans la chair. Ce n'est pas tellement le besoin de lui faire du mal, c'est un geste instinctif de son propre corps qui s'ouvre à l'orgasme. Soudés l'un à l'autre, ils gravissent encore une fois ces merveilleux pics de l'amour que sans se lasser, ils explorent depuis quinze années maintenant.

En quinze années d'union, Cédric n'a jamais trompé son épouse. Il n'en a jamais éprouvé le besoin. Heureux dans un ménage harmonieux, aucune autre femme n'a jusque-là troublé son être. Pour Cédric en effet, une union charnelle vaine de tout sentiment revêt un aspect bestial. Ils passent la nuit entière à s'aimer. L'aube les trouve épuisés, nus et profondément endormis aux bras l'un de l'autre. Dans la vaste demeure endormie, seul le ronronnement du split est perceptible.

Au petit matin, tandis que la demeure s'éveille à peine, Éliane se faufile hors de la chambre sur la pointe des pieds. Avec des gestes enamourés, elle concocte un succulent plateau pour le petit-déjeuner. Attentive à ne pas réveiller la maisonnée, elle regagne la chambre avec son plateau garnie de toasts et de jus de fruits.

—À quel moment t'es-tu réveillée? sourit Cédric en la voyant apparaître avec son plateau pantagruélique.

—Tu as besoin de reprendre des forces! décrète-t-elle en un éblouissant sourire.

—Nous avons besoin de reprendre des forces, cligne-t-il de l'œil.

Installés sur un coin de la couchette, ils savourent le plateau d'Éliane.

—Tu as été bien inspirée. J'ai une faim de loup.

Cédric se gave de toasts, d'œufs sur le plat, de fromage et de jus de fruits.

—Si tu me racontais ton voyage?

—Ah oui! Il n'a pas été de tout repos.

Et Cédric énumère à son épouse les péripéties liées à son voyage sur fond de crise financière en Europe.

—Ça ne va pas du tout en Espagne. Entre les remous sociaux liés aux licenciements massifs et les indicateurs de la bourse continuellement au rouge, il a fallu batailler ferme pour ne pas déclarer la banqueroute.

—Mon Dieu, à ce point-là?

La mine soucieuse, Éliane repense à un voyage similaire quinze années plus-tôt, lorsque désespérée et sans aucun soutien financier, elle avait failli commettre l'irréparable. C'était dans les premiers moments de leur rencontre. Une certaine Prisca Gondo avait caché l'avis de mandat émis par Cédric depuis l'étranger.

—S'il en est ainsi des états financiers en Europe, je comprends pourquoi certains lorgnent vers le potentiel de l'Afrique. Ah! au fait, nous avons une nouvelle voisine.

—Ah bon?

—Oui, depuis hier en fait. Une richissime et distinguée dame en provenance des États-Unis. Samantha Lonin, ça te dit?

—Pas forcément. Mais les choses ont l'air d'avoir très vite bougé depuis le départ des Kessé?

—En effet. Oh! et puis, assez parlé des autres.

La mine effarée, Éliane informe son mari des dégâts occasionnés par l'orage : les stores arrachés, les céramiques explosées, l'ylang-ylang frappé par la foudre, sans compter la chambre malmenée par la furia du vent.

—À ce point-là? Je me doutais qu'il y avait quelque chose de changé. Je ne retrouvais plus la senteur de l'ylang-ylang. D'ordinaire à ces heures-là, il célébrait la vie à des miles alentour.

—Exactement! difficile de croire en de simples émissions de gaz carbonique. Cette senteur avait quelque chose de magique. C'était la particularité de notre "Chez nous".

—Je n'aime pas trop cela, exprime Cédric soucieux.

—Moi non plus.

La mine assombrie, Cédric s'enquiert des nouvelles des enfants.

—Tout va bien, le rassure son épouse. Ils devraient rentrer d'un moment à l'autre. Alors que m'as-tu rapporté?

—Toutes ces valises sont bourrées de trésor pour toi, ma reine Cléopâtre, plaisante Cédric pour dissiper complètement l'aura de tristesse qui menaçait de plomber leur journée.

—Ah oui? quelle délicatesse, mon cher César! Vous êtes un cadeau des dieux.

Mimant le jeu d'invisibilité qui scella leur destin, ils déballent les valises rapportées par Cédric. On croirait qu'il a dévalisé les magasins de luxe pour contenter son épouse. Ensembles tailleurs, robes de sorties, parures de luxe, sacs à mains coûteux… rien n'a semblé ni trop beau, ni trop exorbitant pour le portemonnaie de Cédric.

Les gosses ne sont pas en reste, puisqu'une montagne de vêtements et de cadeaux les attend patiemment dans une énorme valise spécialement commandée pour l'occasion. La mère de Cédric aura également droit à une foule de cadeaux, pour lui marquer toute l'estime et l'affection de son garçon.

Le reste de la matinée se déroule en jeux coquins, en bataille de polochons… Cédric et Éliane savourent le bonheur des retrouvailles après quelques semaines d'absence.

—Tu es toute chaude, ne me dis pas que nous venons de mettre en route le petit quatrième, chuchote Cédric au creux de l'oreille de sa femme.

—Bah! glousse Éliane. Plus on est de fous, plus on rit.

—Et c'est tout?

—C'est tout!

—Mais alors, le petit cinquième en même temps, plaisante Cédric.

Rassasiée d'amour, ivre de bonheur, Éliane concevrait volontiers des quintuplés, des sextuplés, tant qu'ils proviennent de l'étreinte et de la semence de son homme.

Soucieux de ne pas les interrompre, les domestiques ont tout de suite pris en main la suite des travaux de remise en état du jardin et de la véranda. Au fil de la matinée, leur parviennent des bruits de conversation ou de travaux atténués par le ronronnement du split.

De l'autre côté de la route, les travaux d'installation se poursuivent dans la villa de Samantha Lonin. Entre les ballets des domestiques et des ouvriers, stationnent des visiteurs de Samantha au volant de voitures de luxe. Les portières s'ouvrent et se referment sur les chics silhouettes d'hommes et de femmes qui s'introduisent dans cette villa bourdonnante comme une ruche en activité.

C'est qu'en plus de parachever son installation, Samantha Lonin procède au démarrage de ses activités avec la réception de probables partenaires financiers et la tenue d'un casting pour se constituer un vivier de mannequins et d'acteurs de publicité. Le port altier dans une attitude combinant la businesswoman et la beauté fatale, Samantha éblouissante dans un pantalon moulant en daim et un bustier mauve, coordonne les allées et venues, chaussées de sandales compliquées.

Quelques voisines affairées déambulent exprès et en profitent pour dévisager sans avoir l'air, cette femme raffinée qui, ses valises à peine posées, chamboule le train-train de la rue. Quelques unes hardies, hasardent un salut auquel, la mine impassible, Samantha Lonin répond volontiers. Toutefois son air affairé, le ballet des voitures et le galop des ouvriers dissuadent les plus téméraires de franchir la barrière du simple bonjour.

Tout le quartier est au courant de la visite rendue à Éliane la veille. Certaines commères dont madame Gola, donneraient tout pour recevoir Samantha ne serait-ce qu'une bribe de seconde. Entre la crainte de se faire voler leur mari et l'honneur d'échanger quelques mots avec la belle américaine, comme ils l'ont déjà surnommée, la seconde option semble prendre le dessus.

D'ailleurs, il faudrait déjà que les maris en question intéressent l'américaine. Cette femme aussi belle qu'une déesse doit avoir des goûts et des choix méticuleux. Férue de business comme on se l'imagine, elle ne perdrait pas son temps avec quelques étreintes dénuées d'intérêt dans un environnement de tiers-monde!

Aux environs du crépuscule, un véhicule de type 4X4 de couleur sombre stationne au portail des Oulaï. Irène et son mari profitent d'une sortie pour visiter Éliane. Quelle agréable surprise de savoir Cédric de retour! Un joyeux brouhaha emplit la villa. Entre des petits fours et des gorgées de limonade, Cédric et Éliane comblent leurs amis de cadeaux rapportés de l'étranger.

—Alors cette nouvelle voisine? interroge Irène à brûle-pourpoint. J'ai juste aperçu un portail clos.

—Quelle affairée! chahute gentiment Éliane. Elle n'a pas loué la rue. Elle a plutôt loué la villa.

Une formidable gaieté accueille la remarque d'Éliane. Le mari d'Irène lui pince tendrement le menton :

—La curiosité est un vilain défaut.

Presqu'aussitôt se signalent Mâ Rolande et les enfants qui arrivent de Daloa.

—Papa! maman! tata Irène! Tonton Isaac!

—Yohan! Fidelia! Yvan! Mâ Rolande!

La villa vibre d'allégresse avec l'arrivée de Mâ Rolande et des enfants. Le chauffeur en livrée aide à décharger les affaires. En plus des valises, le coffre est chargé de victuailles ramenées au gré des escales effectuées en chemin : bananes plantain, manioc, ignames, légumes et même du gibier. Au gré des bisous et des accolades, Irène et son mari reçoivent leur part séance tenante.

Vêtue d'un superbe boubou d'indigo, la mère de Cédric une septuagénaire étonnamment alerte pour son âge, couvre chacun des protagonistes de bénédictions. Son foulard noué avec art, rehausse son port altier. Le fils et la mère se caractérisent par une frappante ressemblance. Pétri des conseils avisés de sa mère, Cédric a acquis une solide expérience de la vie.

—Nous sommes vraiment navrés de débarquer à l'improviste, mais ces petits monstres réclamaient leur maman sans arrêt.

—Ah bon? chahutent les adultes moqueurs. Y-a-t-il encore des bébés dans l'assemblée?

—Ce n'est pas vrai grand-mère, objecte Yohan, le petit dernier âgé de quatre ans. Tu as dit que tu t'in...

—Huuu! chut! petit mouchard! lui enjoint la vieille dame d'un ton faussement sévère. C'est bon pour les commères de cancaner aux quatre coins de la cité.

Adoptant le ton de la plaisanterie, la mère de Cédric empêche le gamin de révéler son anxiété face à un appel de son sixième sens ces derniers jours. Inquiète pour son fils et sa bru, Mâ Rolande a écourté le séjour pour exorciser la sensation malaisée d'un malheur imminent. Intrigué, Cédric enveloppe sa mère d'un regard indéchiffrable.

—Tiens donc, et Irina? et Jacob?

Évitant le regard de son fils, la vieille dame s'enquiert des nouvelles des enfants du couple en visite.

—Ma foi, ils se portent à merveille. Nous ne voulions pas d'embêtements. Toutefois si nous avions su que leurs petits cousins revenaient, c'est sûr que nous les aurions emmenés.

La face rieuse, c'est Irène qui répond à Mâ Rolande en ébouriffant la tête du dernier-né d'Éliane.

—Ma petite Irène, hasarde Mâ Rolande la mine soupçonneuse en scrutant la silhouette enrobée de la jeune femme. Est-ce que la famille ne va pas bientôt s'agrandir par hasard?

—Ah non! Mâ Rolande!

Déconcertée par l'inattendu de la remarque, Irène pouffe de rire, tandis que son mari se moque de cette gourmande qui mange des boîtes entières de cookies en défendant aux gosses d'en manger seulement le dixième. La conversation tourne ensuite autour des sœurs de Cédric vivant à l'étranger. C'est bientôt Noël et toute la famille pourrait se réunir autour d'une bûche et d'un magnifique sapin.

—Maman, je peux aller faire pipi?

Tandis que la domestique conduit le petit Yohan aux toilettes, les Lago demandent la route.

—Hé! oh! Jeunes gens! emboîtez le pas à Yohan. On aurait dû commencer par-là, décrète Mâ Rolande à l'endroit de Fidélia et Yvan.

—Oh! zut!

Tandis qu'ils s'exécutent, les ados qui espéraient raccompagner tonton Isaac et tata Irène pestent contre ce rabat-joie de Yohan.

—C'est toujours lui qui doit faire pipi, grommelle Fidélia.

Éliane, Cédric et Mâ Rolande raccompagnent Irène et Isaac. Les bras chargés de provisions et de cadeaux, Irène et son mari remontent à bord du véhicule 4X4. Au passage, Irène fouille désespérément la ruelle des yeux. Elle aurait tant voulu rencontrer la nouvelle voisine d'Éliane. Assis au portail clos de la villa d'en face, seul le cerbère de Samantha engoncé dans un blouson, surveille la rue, immobile telle une statue. Tout à coup, tandis que surgit du côté opposé de la rue, un véhicule sombre de type *Hammer*, dont les feux de croisement et les enjoliveurs scintillent dans le crépuscule naissant, le cerbère se met en branle.

Du véhicule de luxe, descend une jeune dame raffinée à l'opulente chevelure, revêtue d'une toilette en velours qui épouse les contours de sa silhouette de rêve. Les pieds chaussés d'escarpins assortis à sa tenue, elle balaie la rue d'un regard circulaire. Reconnaissant Éliane au portail de la villa, elle esquisse un sourire éblouissant et lui adresse un léger salut de la main. Éliane s'empresse de lui répondre, tandis que ses compagnons médusés détaillent la silhouette de la jeune dame.

—Nom d'une putain échauffée!

Retrouvant ses ardeurs militaires, Isaac émet un sifflement qui sonne en écho dans le lointain.

—On peut dire qu'elle a du chien!

—Ho! rugit Irène agacée.

—Ben quoi? s'esclaffe-t-il en allongeant une tape à Cédric. Si on ne peut plus émettre son avis.

Puis il semble se rappeler la présence de Mâ Rolande, tandis que Cédric lui adresse un regard oblique.

—Mille excuses!

Et Isaac se confond en mots d'excuses vis-à-vis de la vieille dame qui affiche une moue légèrement pincée. En réalité, tout comme Éliane, Mâ Rolande comprime un fou-rire face à l'attitude proprement agacée d'Irène. On dirait une tigresse qui arracherait la peau des fesses à cette Samantha Lonin, si jamais il lui prenait l'envie de draguer son homme.

—Tu te calmes Chérie? Elle s'exprime en dollars.

Isaac parvient à arracher un sourire à Irène qui enclenche sa ceinture de sécurité.

—Fais attention! recommande-t-elle à Éliane au moment des adieux.

—Et puis quoi encore? houspille Isaac goguenard. Je viens de te dire qu'elle s'exprime en pétrodollars.

—Mais Cédric aussi, rétorque Irène.

—Tu es heureuse hein? Tu prends mon frère pour un garçon facile? Tu l'as déjà vu au *pinhou*[1]?

Et Isaac qui retrouve le bagou militaire, se rappelle la présence de Mâ Rolande et se confond encore en excuses. Cette fois-ci, la vieille dame éclate de rire.

---

[1] Chez les prostituées, dans l'argot ivoirien

Après un joyeux salut de la main, Isaac met le contact et le véhicule s'éloigne tandis qu'Irène le reprend sans méchanceté.

—Tu sais quoi? Je crois qu'on devrait longuement t'encaserner.

—T'es sûre que tu t'en remettrais?

Le trio Cédric, Éliane et Mâ Rolande regagne la villa dans la bonne humeur. Au salon les enfants se querellent pour des chichis. Éliane remet de l'ordre, puis la tribu prend d'assaut la chambre conjugale pour un déballage en règle des cadeaux. Mâ Rolande est de la partie.

—Waouh! Waouh! Waouh! des bonbons Tagada! des tonnes de bonbons Tagada! s'exclame Fidélia en disputant des sacs de friandises à ses petits-frères.

Et tandis que sa mère la gronde sur sa gourmandise et ses joues pleines, Cédric essaie d'en savoir plus sur l'anxiété de Mâ Rolande. La vieille dame demeure évasive en se promettant d'ouvrir l'œil quant à tant de remue-ménage dans le voisinage.

3

Deux jours plus-tard, Éliane se décide à rendre une visite de bon voisinage à Samantha Lonin. Sobrement vêtue d'un boubou d'intérieur en basin rose, les cheveux impeccablement coiffés au fer à friser, elle s'aventure jusqu'à la villa d'en face. Les pieds délicatement chaussés de sandalettes traditionnelles, c'est avec une légère excitation qu'elle pénètre dans la propriété de Samantha Lonin. C'est la toute première fois qu'elle foule le sol de cette demeure, depuis le départ des Kessé.

Le domaine est sérieusement en chantier. Impeccable dans un boubou en soie, la chevelure étincelante encadrant son profil ovale, Samantha Lonin donne des ordres à une foule d'ouvriers. Et la villa est sens dessus, sens dessous, avec le renouvellement de plâtres et de stores, la pose de carrelage aux murs et à certains endroits du jardin. Les premiers résultats sont très plaisants. La modeste paillote des Kessé et sa toiture de tuiles a cédé la place à une construction plus ouvragée. Surmontée d'une majestueuse toiture en paille qui évoque des gerbes de blé ou de riz, les piliers sont recouverts de mosaïques.

Dans la pelouse fraîchement tondu, un jardinier est occupé à installer des pieds de roses et des plantes exotiques. Non loin, une équipe de plongeurs remet en état la piscine aux eaux croupies. Les lèvres barbouillées de rouge et la mine fendue d'un large sourire, Samantha, accueille Éliane à bras ouverts :

—Tiens, mais c'est cette chère Éliane Oulaï, déclare-t-elle en un séduisant battement de faux-cils. Comment vas-tu ma chère sœur?

—Je vais bien Samantha. Et toi ma sœur?

Les deux femmes s'étreignent chaleureusement et échangent une paire de bisous parfumés. Les senteurs vanillinées de l'eau de toilette d'Éliane se mêlent aux effluves floraux du parfum de Samantha.

—*Come sister[1]*!

Et prenant Éliane par la main, Samantha l'entraîne dans un boudoir d'une agréable fraîcheur. Des meubles en rotin aux housses moelleuses invitent à la détente. Un ventilateur à eau entretient une délicieuse température dans la pièce. Quelques bronzes et poteries complètent l'ensemble. Sur une petite table à apéritif sont servis des biscuits à côté du fourreau d'un ordinateur portable.

---

[1] Viens ma soeur!

—Alors, quelles sont les nouvelles? S'enquiert Samantha en proposant à Éliane quelques *langues de chat* et une tasse de thé.

—Juste un bonjour, renseigne Éliane en acceptant volontiers la collation de Samantha.

—*How is it[2]?*

—*Fine. Thanks. And you[3]?*

—*I am very well, sister. Thanks a lot for visiting me[4].*

—*You are welcome[5].*

Éliane félicite Samantha pour la déco et les travaux d'aménagement. Samantha semble ravie des compliments d'Éliane. En grignotant des biscuits et en se gorgeant de thé, elles causent à bâtons rompues comme des sœurs ou des amies de longue date. Elles se découvrent de nombreux points communs en causant de mode ou de marketing. Parfois, la conversation se colore de mots shakespeariens. En sa qualité d'interprète de conférence, Éliane manie aisément l'anglais.

De temps à autre, un ouvrier vient timidement se faire préciser des consignes. Ces hommes simplement vêtus de blouse ou de guenilles ont l'air réellement intimidés par ces dames de la haute aussi belles que des gravures

---

[2] Comment ça va?
[3] Bien. Merci. Et toi?
[4] Je vais très bien, ma sœur. Merci beaucoup pour la visite.
[5] Je t'en prie.

de mode. Et on dirait réellement qu'elles prennent la pose pour quelque photographe de renom ou qu'elles répètent une séquence d'un téléfilm à succès. Lorsqu'après une demi-heure de causerie, Éliane se décide à prendre congé, Samantha pousse un soupir navré.

—Et voilà, les bonnes choses ont malheureusement une fin.

—Et si tu m'accompagnais? propose Éliane. Tu ferais la connaissance des miens.

—Super!

Excitée à l'idée de faire la connaissance de la famille d'Éliane, Samantha lui emboîte allègrement le pas. Elles traversent la rue ainsi que deux vieilles amies. De nombreuses paires d'yeux les dévisagent discrètement, cependant qu'Éliane lui ouvrent le portail de sa demeure. Et la nouvelle se répand telle une traînée de poudre que la belle américaine et madame Éliane Oulaï s'affichent comme deux larrons en foire.

Mâ Rolande et Cédric profitent justement de la fraîcheur du jardin. Tous les travaux de réfection sont terminés. La villa sourit coquette, au milieu des pieds de roses et des stores qui claquent au vent. En lieu et place de l'ylang-ylang, une pousse de clémentine frémit sous la caresse du vent. Aux pieds de Mâ Rolande, vêtu d'une salopette et d'un tee-shirt gris, le petit Yohan s'amuse avec une construction de lego. C'est le portrait craché de Cédric. Fidélia et son frère suivent un programme télé depuis une pièce qui leur est spécialement aménagée.

Très décontracté dans un jean marron et un polo clair, Cédric se remet de son périple en Europe. Éclatants de fraîcheur, ses pieds titillent des brins de gazon à travers de magnifiques sandales marocaines.

—J'ai l'honneur de vous présenter notre nouvelle voisine Samantha Lonin.

—Ravie de faire votre connaissance, chère madame. Soyez la bienvenue!

Cédric et sa mère accueillent la nouvelle venue avec cordialité. Samantha s'installe à leurs côtés, bien décidée à se montrer sous son meilleur jour.

—Comment vas-tu, mon grand?

Les lèvres étirées en un sourire éblouissant, Samantha câline le cadet d'Éliane. Intimidé, le gamin garde le silence. Alors tendrement et de manière quasi instinctive, Samantha le juche sur ses genoux. Le petit Yohan garde le silence. Au-delà du voile de timidité, ses prunelles reflètent une certaine vanité à trôner sur les jambes de cette très jolie dame.

Au gré de la conversation, Mâ Rolande détaille et jauge Samantha sans en avoir l'air. Consciente de passer un examen de passage, Samantha s'efforce de demeurer naturelle. Lorsqu'à la demande d'Éliane, Fidélia et Yvan viennent rendre leurs hommages à Samantha, cette dernière achève de les conquérir en distribuant des câlins et des mots gentils. À Fidélia, elle prédit une carrière dans le mannequinat malgré un embonpoint naissant. Fidélia ouvre de grands yeux ravis dans sa jolie robe à fleurs et à manches bouffantes. L'adolescente ressemble trait pour trait à sa mère.

—Vous savez, tout est une question de parrainage ou de chaperonnage, décrète Samantha. On peut faire une belle carrière en étant chapeauté par les personnes qu'il faut.

—Ce n'est pas faut, concède Éliane. Mais il faudrait que cette gourmande fasse attention aux sucreries.

Fidélia enveloppe sa mère d'une moue légèrement pincée qui fait sourire les adultes. Yvan reçoit la promesse d'un cadeau exceptionnel si ses résultats scolaires s'avèrent satisfaisants. Âgé de douze ans, il affiche le profil miniaturisé de Cédric. À travers le bermuda et le polo bleu ciel, on devine des membres qui gagneront en consistance pour une prestance égale à celle de son père.

Sur un signe d'Éliane, les enfants retournent à regret à leur programme télé. Un peu jalouse de la position de Yohan, Fidélia voudrait l'entraîner avec eux. Le gamin outré s'agrippe à Samantha en poussant des cris de protestation.

—Ah! mais fiche-lui la paix! tranche Éliane.

Et tandis que Yohan, continue de protester, sa mère lui impose le silence :

—Quant à toi, arrête de crier comme un sauvage! Ma parole, on se croirait dans un zoo.

Ces propos d'Éliane déclenchent l'hilarité. Les prunelles indéchiffrables, Mâ Rolande ironise sur la gente masculine qui apprend la drague dès le berceau. Le sourire en coin, Cédric darde sur sa mère un regard teinté de reproche. Impassible dans sa gandoura sombre, la tête enveloppée d'une coiffe, Mâ Rolande garde un air énigmatique.

—Vous travaillez dans les vignobles? hasarde Samantha. Avec les fêtes de fin d'année, vous auriez besoin d'une approche marketing adaptée.

Éliane est reconnaissante à Samantha de changer carrément de registre. Enthousiaste à l'idée de placer un mot sur son travail, Cédric présente succinctement à la jeune dame un tableau de ses activités viticoles.

—Cette passion lui vient de son père, croit bon de souligner Mâ Rolande.

—En effet, acquiesce Samantha à tout hasard.

Puis après un léger silence, elle brosse à Cédric les perspectives d'un partenariat gagnant-gagnant avec la garantie d'une implantation locale plus forte et une percée dans l'hinterland.

—Le vin, c'est différent de la bière, conclut-elle. Il a meilleure audience auprès de peuples d'origines variées. En insistant sur les qualités du vin dont certaines vertus curatives, on peut facilement accroître le marché de consommation. Avec une stratégie marketing adaptée, il y a beaucoup à gagner.

Séduit par l'argumentaire de Samantha, Cédric promet d'y réfléchir sérieusement. Il entrevoit la jeune dame sous un jour autre qu'une poupée de porcelaine qui a "du chien", pour paraphraser Isaac. Éliane semble elle-aussi conquise par l'exposé de Samantha. Mâ Rolande paraît un peu déconnectée de l'ambiance générale. Les prunelles vagues, elle dévisage Samantha sans forcément la voir, procédant mentalement à quelques associations de faciès. Depuis sa mésaventure avec Sophie Gossey, l'ancienne fiancée de Cédric, une poupée de luxe passionnée de raffinement et de gros sous, Mâ Rolande se montre méfiante.

S'il y a quelqu'un dans les parages qui rêve d'approcher l'américaine, c'est incontestablement madame Gola, la voisine commère d'Éliane. Profitant de la présence de Samantha chez les Oulaï, madame Gola se signale en grande toilette. Coquette dans un complet wax et des sandalettes, elle a pris le soin de se maquiller et d'attacher son foulard à la mode Modibo[6]. Elle semble surtout venue pour Mâ Rolande qui aime ses papotages et

---

[6] De l'ère Modibo Kéïta, ancien président du Mali.

ses cancans. Pour sûr, elles auront des confidences à échanger à propos de l'américaine…

Lorsque Samantha Lonin lui tend cordialement la main, madame Gola affiche son plus beau sourire. Les prunelles luisantes, elle se sent honorée de faire partie du réseau de connaissance de la belle américaine. Mâ Rolande l'accapare tout de suite et la renvoie chargée de victuailles : morceau de gibier, gombo sec, noix de palme…

Samantha quitte à regret les Oulaï. Grisé par ses câlins et ses bisous parfumés, le petit Yohan demeure longuement rêveur dans les jupons de sa mère.

—Tu voulais épouser la tata? le chahute sa grande sœur Fidélia.

—En voilà un langage, jeune fille, la foudroie son père du regard.

—Et par une association d'idées, il entraîne Mâ Rolande à l'écart pour une mise au point.

—Qu'est-ce que cette histoire d'homme qui apprend la drague au berceau? s'indigne Cédric. Tu as vu combien de tels propos peuvent influencer les gosses?

—Moi, je ne veux pas que le loup s'introduise dans la bergerie, se défend la vieille dame. Éliane a le cœur sur la main. Elle n'entrevoit pas souvent le danger. Et toi mon fils, eh bien! tu es un homme.

—Qu'est-ce-à-dire? relève Cédric outré. Je serais léger au point de fourrer dans le lit conjugal cette parfaite inconnue? Il n'est pas défendu d'entretenir des relations cordiales avec ses voisins.

—Mon fils, cette femme me fait peur, avoue Mâ Rolande. Si seulement elle était mariée.

—Mais elle l'a été. Sache pour ta gouverne qu'elle est veuve! Elle ne l'a pas fait exprès peut-être.

—Qu'en sais-tu, mon fils? De nos jours, l'argent justifie tout!

—Tu exagères! s'emporte Cédric. Tu sais que je n'aime pas ce genre d'à priori. Tu ne la connais même pas? De quel droit la juges-tu?

—Mon fils, hasarde Mâ Rolande un peu confuse.

—Ça suffit! tonne Cédric. Tu vois bien à quoi ça nous avance quand tu fais ton entêtée. Tu te rappelles à quel point Sophie Gossey t'avais complètement égarée à propos d'Éliane? Si je t'avais suivi, je ratais la femme de ma vie!

Un peu honteuse quant à un épisode peu reluisant de ses relations avec sa bru, Mâ Rolande bredouille :

—Tu es un homme… les hommes, mon fils… les hommes sont faibles.

—Rassure-toi, je ne l'affiche pas au milieu du front, rétorque Cédric furieux.

—Mais enfin mon fils…

—Suffit hein! Toi et ta madame Gola, vous n'allez pas battre les œufs avec la coque!

Contrariée par son altercation avec Cédric, Mâ Rolande se barricade dans ses appartements. C'est au tour d'Éliane qui se doute d'une explication houleuse, de s'entretenir avec Cédric.

—Que se passe-t-il? Pourquoi Mâ Rolande s'est-elle enfermée à double tour?

—Elle exagère! grommelle Cédric. Cette manie de voir le mal partout, m'insupporte!

—Comment cela?

—Elle s'imagine déjà des trames avec la nouvelle voisine. Je déteste ce genre d'allégations. Des femmes sophistiquées, j'en croise tous les jours. En quoi devrais-je grimper au mur, d'autant plus que mon épouse est un canon de beauté?

—Mon Dieu, Mâ Rolande!

Éliane éclate d'un rire franc qui se communique à Cédric.

—Pourquoi sont-ils tous persuadés que Samantha est de petite vertu? En toute honnêteté, je n'ai encore rien remarqué d'étrange.

—Au fil du temps, le regard d'un homme évolue, déclare Cédric convaincu. Une belle femme, c'est avant tout le cœur, puis au-delà des arguments physiques, c'est la capacité de rester séduisante au gré des maternités. Quand je contemple le physique de ma femme, je suis comblé.

—Mon amour, soupire Éliane flattée. Au fond, Mâ Rolande a des appréhensions, comme toute mère. Les personnes âgées acquièrent un fond de méfiance au gré des expériences de la vie.

—Bah! avec l'épisode de Sophie, Mâ devrait faire attention. La nouvelle voisine a l'air de s'y connaître en marketing et c'est tant mieux. On ne va pas en faire tout un plat. Et cette madame Gola qui accourt le nez allumé, le foulard au poing!

—Laisse tomber! chéri.

En plaisantant pour détendre totalement son époux, Éliane l'entraîne jusqu'à la chambre de Mâ Rolande. La vieille dame ne se fait pas prier pour ouvrir la porte, heureuse de la médiation de sa bru et soulagée de tirer un trait sur les échanges déplaisants avec son fils.

—Je suis désolée, murmure-t-elle. Je me fais du mauvais sang à tort.

—Je suis également désolé. Je t'ai tenu des propos assez durs.

Cédric étreint tendrement sa mère. Mâ Rolande a toujours été sa meilleure alliée. Il lui doit son abnégation au travail et sa réussite sociale. La vie n'a pas toujours été tendre avec Mâ Rolande. Assumer la maternité de trois enfants de pères différents et croire malgré tout en l'amour. Rencontrer enfin l'âme sœur et vivre un veuvage précoce... Cédric, le dernier-né, l'unique mâle, le fils de l'union légitime représente beaucoup pour elle.

—Éliane, mon enfant, viens!

Mâ Rolande associe sa bru à l'étreinte de son fils. La franchise de sa relation avec son fils réside également en la pureté des liens qui l'unissent à Éliane. Orpheline de père et de mère, la jeune femme a spontanément adopté Mâ Rolande qu'elle traite autant que sa propre mère.

4

La vie reprend son habituel train-train avec la fin des congés de Toussaint. Éliane et son époux sont pris dans l'engrenage de la vie trépidante de la capitale. Il y a les gosses à gérer en sus des charges professionnelles. Heureusement que Mâ Rolande prolonge son séjour. En outre, Cédric et Éliane ont la chance de pouvoir compter sur des domestiques dévoués.

Ce jour-là après une conférence au siège de la Banque Africaine de Développement, Éliane a la surprise d'apercevoir Samantha Lonin dans le hall de la Banque. Les deux amies s'étreignent chaleureusement, puis Samantha Lonin embarque Éliane pour un déjeuner entre copines. Dans un restaurant français, Samantha bourre Éliane de crustacés et de mousse au chocolat. Entre deux bouchées, elles causent de leur travail et échangent des anecdotes.

Vêtues de chics tailleurs de couleur crème pour Éliane et de teinte pastel pour Samantha, elles arborent des escarpins en cuir, blanc cassé pour Éliane, et ivoire pour Samantha. Éliane arbore en sus de son alliance en or rose, une fine parure argentée. Samantha porte un assemblage d'or et de rubis qui s'allie aux reflets auburn de sa chevelure. Impeccablement fardées, les ongles vernis, elles ressemblent à un duo de poupées Barbie.

—Les choses se présentent plutôt bien, annonce Samantha tout sourire. Nous avons pu rafler le marché de la BAD. C'est nous qui assurions l'accueil.

—Ah! mais chapeau! la congratule Éliane. Je pense que tout le monde a noté un réel professionnalisme de la part des filles.

—Eh! ma chère, ce n'est pas tout, roucoule Samantha en léchant sa petite cuiller pleine de chocolat.

Roulant des yeux et prenant un air alangui, cependant qu'Éliane se consume d'impatience :

—Je crois que je suis amoureuse.

Elle a pratiquement achevé la confidence dans un murmure. Sa poitrine généreuse tressaute sous le tissu de son ensemble tailleur.

—Waouh! la super nouvelle! s'écrie Éliane.

Puis effarée d'avoir élevé la voix dans l'espace calfeutré, elle prend un air penaud et affiche un sourire navré sous le regard des clients et du maître d'hôtel qui affichent plutôt un sourire indulgent.

—Vas-y raconte! enjoint-elle à voix basse à Samantha en lui pressant les phalanges.

—Il s'appelle Tim, confie Samantha les prunelles enamourées. Nous sommes associés et ma foi, nous en avions assez de nous esquiver.

—Ah! ma chère, se pâme Éliane. J'en suis tellement ravie. L'amour, il n'y a rien de tel. Tu es encore si jeune et belle.

—En effet, acquiesce Samantha.

Puis les prunelles un peu vagues, elle ajoute :

—Je songe sérieusement à fonder une famille. Les enfants procurent une telle joie. En outre, une femme seule fait toujours peur.

—Allons, l'encourage Éliane. Ce n'est pas forcément valable pour une personne honnête. Toutefois, je te le concède, rien ne vaut une vie de couple harmonieuse.

Les deux amies échangent un regard ému, puis Éliane sincèrement heureuse pour Samantha achève de l'émouvoir.

—Tu sais quoi? Nous allons dignement fêter tout cela. Tim et toi, vous êtes nos invités demain soir, si tu es d'accord bien-entendu.

—*Would you do it for me sister*[1]?

Samantha les prunelles noyées d'allégresse accepte spontanément l'invitation.

—*I think Timothy will be delighted to meet your family*[2].

---

[1] Tu ferais cela pour moi, ma sœur?

[2] Je pense que Timothée sera très heureux de rencontrer

—*We are sister, aren't we*[3]?

Samantha règle l'addition avec une émotion de collégienne, puis toujours flanquée d'Éliane, elle s'engouffre dans un supermarché très en vogue situé dans les parages du restaurant.

—Je n'ai pratiquement plus rien dans le frigo, confesse-t-elle.

—Tiens, j'en profite pour régler quelques détails quant au dîner de demain soir, renchérit-Éliane.

Puis tandis qu'elles évoluent dans les rayons du supermarché, Éliane reçoit un appel de Cédric qui lui annonce l'arrivée de Maryline et Albert Zouti.

—Comment? Maryline et Albert Zouti sont là?

Éliane, ravie de cette heureuse nouvelle, babille avec son mari. Samantha se concentre sur les produits d'un rayon de légumes bio.

—Écoute chéri, annonce Éliane à son mari. Je comptais t'en informer ce soir, mais ma foi, puisque nous y sommes, autant te le dire. J'ai convié Samantha et son fiancé à dîner demain soir.

—Wow! Samantha a un fiancé? s'exclame Cédric. Aucun problème, mon amour. Ça va rabattre le caquet à Mâ Rolande et à sa commère de madame Gola.

---

ta famille.

[3] Nous sommes sœurs, n'est-ce pas?

Et Cédric éclate d'un rire bourru qui se communique à son épouse.

—À tout à l'heure! Bisou! Ciao! Embrasse Maryline et Albert! Je me dépêche de rentrer.

—Tu as de bonnes nouvelles? interroge Samantha en se rapprochant avec un caddy bourré de provisions.

—Oui ma chère, renseigne Éliane, les yeux pétillants de gaieté. Un bonheur n'arrive jamais seul, n'est-ce pas ? Nos amis Albert et Maryline Zouti, nos frères devrais-je dire, nous font l'honneur d'un séjour.

—Wow! tu en as de la chance d'avoir de si bons amis.

—Je les ai associés au dîner. Ça ne gêne pas j'espère?

—Aucunement, rassure Samantha. *Your friends are mine*[4].

—T'es un chou, déclare Éliane en lui allongeant un bisou.

Puis Éliane éprouve le besoin de rendre une visite à Irène. Samantha voudrait bien l'accompagner. Elle téléphone rapidement à son chauffeur pour lui confier la clé de son véhicule, puis au volant du véhicule d'Éliane, les deux amies se rendent chez Irène du côté de la Riviera-

---

[4] Tes amis sont les miens!

Abatta. Le 4X4 Murano se fraye allègrement un chemin jusqu'au domicile d'Irène.

—Éliane! s'exclame cette dernière très heureuse en installant ses visiteuses.

—Comment vas-tu ma chérie?

Les deux amies s'étreignent chaleureusement. Irène salue Samantha avec beaucoup de courtoisie.

—Vous boirez bien quelque chose?

—Juste un verre d'eau. Et là encore… n'est-ce pas Samantha ?

Le trio éclate de rire. La conversation se poursuit dans la bonne humeur. Éliane et Irène veillent à inclure Samantha dans les échanges. Tout en causant, Irène observe Samantha à la dérobée. Alors, c'est elle la fameuse voisine d'Éliane? Vue de près, elle est impressionnante.

—Sais-tu que Maryline et Albert viennent d'arriver? s'extasie Éliane mettant un terme aux cogitations intérieures d'Irène.

—Maryline et Albert? Seigneur Dieu! s'écrie Irène agréablement surprise.

—Oui. Cédric me l'annonçait à l'instant, confirme Éliane.

—Ah! ça! je me ferai un plaisir de les saluer.

Maryline et Albert sont des amis de très longue date de Cédric. Albert et Cédric se trouvaient ensemble aux Cascades naturelles de

Man, lorsque Cédric et Éliane se sont rencontrés pour la toute première fois. Ce jour-là, Éliane avait à ses côtés une certaine Prisca Gondo.

Au départ les relations étaient plutôt distantes entre Éliane et Maryline, puis à la faveur du mariage, elles sont devenues très complices. Une grande complicité unit également Irène et Maryline qui se sont découvertes des points communs, et notamment au niveau de l'entretien de la ligne.

—Vous avez un chic intérieur, complimente Samantha changeant totalement de registre.

—Merci, vous êtes aimable, sourit Irène.

Effectivement le salon en fer forgé recouvert de housses moelleuses alliant des tons clairs paraît accueillant avec ses rideaux de mousseline fleurie et ses poteries et porcelaines locaux et importées. Une agréable senteur de mangues imprègne les lieux. Dans un angle, un gigantesque aquarium capte l'attention. Quelques fausses plantes exotiques complètent la déco. Au sol, un carrelage luisant confère un air de netteté.

Après environ un quart d'heure d'échanges animés, Éliane et Samantha demandent à prendre congé.

—Comment vous vous en allez déjà? se désole Irène.

—Mais viens au dîner, demain soir! En plus d'Albert et Maryline, Samantha y sera avec Tim, son fiancée.

—Chouette! s'écrie Irène.

Et tandis que Samantha remonte en voiture, Irène s'arrange pour retenir Éliane un instant.

—Ne l'emmène plus chez moi! murmure-t-elle fermement à Éliane.

—Quoi donc? s'étonne Éliane.

—Ta Samantha! Je ne veux plus la voir chez moi!

—Mais je viens te dire qu'elle est fiancée. C'est quoi le problème? Tu réagis à tort comme Mâ Rolande!

—Ah bon? Mâ Rolande ne la supporte pas? exulte Irène.

—Tu exagères, Irène. Tu ne viendras donc pas au dîner? se désole Éliane.

—Je ne raterai ce dîner pour rien au monde! s'exclame Irène.

—Tant mieux, soupire Éliane soulagée.

—Qu'est-ce que tu crois? raille Irène tout bas. J'ai trop hâte de voir la tronche du gars capable de s'attacher à cette créature!

—Irène! proteste Éliane choquée. T'entends-tu parler?

—Of course[5]! ironise Irène. Tu devrais d'ailleurs faire attention quand une personne aussi expérimentée que Mâ Rolande tire la sonnette d'alarme.

—Ah oui? Sinon on se souvient tous de l'épisode de Sophie Gossey, rétorque Éliane d'un ton égal.

—Hum! j'espère qu'on n'aura pas raison trop tôt.

—Ceci est de la pure jalousie, ma cocotte! se moque Éliane. Depuis que ce cher Isaac l'a ouvertement complimentée, tu en perds le sommeil. Ma pauvre Irène! Cette femme me partageait justement ses projets d'avenir.

—Ok! Si tu le dis. *But keep away*[6]!

—À ce point-là? Ciao! J'embrasse Albert et Maryline de ta part.

—Bisou!

Et tandis que se referme le portail d'Irène, Éliane rejoint Samantha en voiture. En maniant avec dextérité le volant du 4X4, elle tente tant bien que mal de trouver une excuse à ce tête-à-tête de dernière minute avec Irène.

—Une histoire de belle-mère qui lui casse les pieds, ma chère!

—Oh! la pauvre, compatit Samantha. Ces mamans de nos maris sont parfois de *pure nightmares*[7]!

---

[5] Bien-sûr!

[6] Mais, maintiens-là loin!

[7] Purs cauchemars!

—En tous cas avec Mâ Rolande, je ne me plains pas, rectifie Éliane.

—J'espère avoir autant de chance, soupire Samantha. Les belles-mères mesquines sont des réalités propres à tous les continents.

Au portail de la villa, Samantha saute lestement du véhicule. Une rencontre fortuite avec madame Gola, quelques trente secondes d'échanges et la voilà qui disparaît derrière la lourde grille de sa demeure. Éliane échange sourire et salut de la main avec madame Gola, avant de remiser le véhicule au garage.

Le salon est empli d'éclats de rire. Cédric vient à peine de ramener Albert et Maryline de l'aéroport. Le couple Zouti a décidé de s'offrir quelques jours de repos auprès de ses amis à la capitale.

—Albert! Maryline!

—Éliane!

Tour à tour, Éliane embrasse chaleureusement ses hôtes. Leurs affaires ont déjà été remisées dans une chambre d'amis. La cuisine est encombrée de sacs de victuailles rapportés de leur voyage. Mâ Rolande semble avoir rajeunie de dix ans au milieu de tant de gaieté. Avec le séjour de Maryline, ce seront d'interminables parties d'échecs.

En effet, Mâ Rolande adore jouer aux échecs, mais avec la rentrée scolaire et les occupations de son fils et de sa bru, elle trouve rarement un partenaire à sa taille. Il ne faut point compter sur cette tête de linotte de madame Gola qui n'y comprend pas un traître mot aux règles de l'échiquier.

Parfois, s'échappant de ses occupations journalières, Irène vient disputer une partie d'échecs pour le bonheur de la vieille dame.

Éliane écoute Albert et Maryline leur donner des nouvelles du Tonkpi[8]. Ils sont ravissants dans leurs gandouras. Albert s'est composé une allure de chef avec le bonnet qui lui retombe crânement sur le côté. Maryline, un peu replète, compense avec un chignon qui lui étire le visage et lui confère une silhouette plus élancée.

De teint marron, Maryline présente un profil de femme épanouie avec son visage ovale et son double menton. Ses yeux vifs et pétillants sont sans cesse en alerte. Chaussée de sandalettes traditionnelles, ses pieds de marquise impeccablement vernis se croisent et se décroisent au gré des échanges.

Avec le retour des enfants de l'école en fin d'après-midi, la bonne humeur atteint le paroxysme. Si les enfants d'Albert et Maryline étaient associés au voyage, la maison eut été une jungle en miniature.

---

[8] Région de l'ouest montagneux ivoirien

En début de soirée, le chauffeur d'Éliane se rend discrètement à un rendez-vous avec une dame distinguée. Marchant d'un pas nerveux, il s'est assuré de n'être pas suivi.

Confortablement installé dans le box d'un chic restaurant, la dame détaille le chauffeur qui ne paraît pas très à son aise.

—Vous ne buvez rien? s'étonne-t-elle face à son verre désespérément plein.

—Je ne sais pas… je ne comprends pas… pourquoi avez-vous demandé à me voir? s'agite-t-il nerveusement sur son siège.

—Je crois vous l'avoir expliqué, rétorque patiemment la dame en croquant le noyau d'une olive. J'ai besoin d'être informée des moindres faits et gestes. Vous serez grassement rétribué.

Le chauffeur se tortille nerveusement sur son siège et déglutit péniblement :

—Écoutez! J'aurais l'impression de trahir. Ils ne m'ont rien fait. Pourquoi diantre me mettez-vous dans un tel embarras?

Alors très lentement, la dame éjecte son noyau d'olive, et plantant ses coudes sur la table, son regard ombragé de faux-cils résolument planté dans le sien, elle le harangue :

—Dis donc mon ami, tu n'es pas né pour réussir? Tu es venu au monde pour accompagner les autres? Combien te paie-t-on? Un salaire de misère qui te condamne à l'exploitation à vie! Est-ce cela l'avenir que tu réserves à tes enfants?

Elle marque une pause et ressort fébrilement de son sac à main en cuir d'agneau, une enveloppe bourrée de liasses de billets.

—Voilà pour commencer! décrète-t-elle en lui balançant l'enveloppe sous le nez! Charge-toi de convaincre les autres! Après la mission, vous aurez tous un visa et un billet d'avion pour les États-Unis ainsi que toutes les mesures d'accompagnement pour votre installation!

—Vous allez nous faire émigrer aux States? questionne le chauffeur ahuri en considérant l'enveloppe et son interlocutrice.

—Avec vos familles, cela s'entend! Alors?

Le chauffeur éberlué marque une seconde avant de déclarer les lèvres sèches et les prunelles résolues :

—C'est d'accord! marché conclu!

—*Fine*[9]! déclare la dame. Nous allons commencer par ordre de priorité. La première cible, c'est la vieille. Dès mon signal, vous me débarrasserez de ce paquet gênant.

Et la dame glisse furtivement une fiole dans les mains du chauffeur.

—Sans faute!

---

[9] Parfait!

Ce dernier hoche la tête et empoche goulument l'enveloppe. La fiole disparaît dans une poche intérieure de son vêtement.

5

Aux abords du crépuscule, un modeste véhicule s'engouffre dans la résidence de Samantha. Dès l'approche du véhicule, le vigile a abandonné sa posture immobile pour ouvrir le portail. À l'intérieur de la villa de Samantha, un bonhomme d'âge mûr aux tempes grisonnantes, à la silhouette un peu replète met le pied à terre. Vêtu d'une djellaba hors de prix et de babouches entièrement assemblées à la main, il porte une énorme chevalière en or et une montre Rolex d'une valeur inestimable. Une indicible odeur d'encens enveloppe son personnage.

Un employé de la villa se précipite pour lui récupérer sa sacoche en cuir d'agneau. Il se dirige naturellement à l'intérieur de la villa où Samantha fraîche et radieuse dans une robe de chambre dentelée se précipite pour une étreinte fougueuse. Enrobée de senteurs florales, sa bouche barbouillée de rouge à lèvre orange évoque un généreux quartier de mangue ou de papaye solo.

D'une main ferme, le bonhomme agrippe Samantha à la taille. Un baiser sauvage, torride qui semble durer une éternité les unit. Samantha se laisse porter comme une plume dans la chambre à coucher garnie de draps et de rideaux rose bonbon. Sur la table à apéritif, quelques verres de liqueur et une pizza attendent d'être acheminés vers le palais des convives.

Avec Samantha sur ses genoux, le bonhomme s'installe souplement dans un canapé ultra moelleux. Au gré de minauderies et de baisers, la pizza est vite engloutie. Les verres de liqueurs vidés de leur contenu attendent le passage des domestiques. Bientôt débarrassés de leurs atours, Samantha et son amant goûtent à la fraîcheur des draps imprégnés de senteurs boisées.

—C'est pour quelle heure ce dîner avec Tim?

De sa voix rauque, le bonhomme demande des précisions à Samantha.

—Hum! Dix-neuf heures trente, minaude-t-elle. On a encore le temps.

—Tu es vraiment sûre de tout?

—Absolutely[1]!

Humectant ses lèvres dépouillées de toute trace de rouge à lèvres, elle donne des précisions.

—La cible est repérée. Sexe masculin, quatre hivernages…

—Ok! tu sais que ce qui m'intéresse avant tout, c'est l'exclusivité dans l'import-export de vins. Je veux le carnet d'adresses de ce type. Je veux son business.

---

[1] Absolument!

—Chut! chut chut! les murs ont des oreilles, rétorque Samantha en lui appliquant un doigt sur les lèvres. Tu peux dormir tranquille. Le loup est dans la bergerie.

Le bonhomme opine de la tête, les prunelles fixes et luisantes comme des flammes maléfiques. Joufflu, le front bas et le nez busqué, l'éclat de ses prunelles confère à son être une aura de jouissance, un appétit de l'argent gagné à tous les coups.

Après une douche ultra rapide et un maquillage léger, Samantha revêtue d'une robe de velours noir et de mules assorties, traverse la rue aux bras d'un quadragénaire au physique de play-boy, afin d'honorer le dîner chez les Oulaï. La chevelure auburn cascadant sur ses épaules, il se dégage toujours de son être un air de gravure de mode. Au bras de Tim, elle évoque le tableau d'un mannequin posant pour un site de rencontres amoureuses.

—My sister[2]! se jette-t-elle dans les bras d'Éliane venu l'accueillir au portail d'entrée.

—Merci de nous faire l'honneur de votre présence, l'embrasse Éliane.

—Je t'en prie. Je te présente Tim, Timothy Douglas, mon fiancé. Il est originaire de Floride.

---

[2] Ma sœur!

Les faux-cils agités par un battement frénétique et coquet, Samantha semble éperdument amoureuse de Timothy.

—Bienvenu cher Timothy, nous sommes honorés de faire votre connaissance.

Les lèvres étirées en un sourire radieux, Éliane échange une cordiale poignée de main avec Timothy Douglas.

—Mes hommages, madame. Vous êtes gracieuse.

Contre toute attente, Timothy Douglas esquisse une légère révérence et applique un baisemain au poignet d'Éliane.

—Merci, vous êtes un gentleman, roucoule Éliane sensible aux bonnes manières du fiancé de Samantha.

D'une démarche légère dans une robe en soie qui épouse ses formes épanouies, Éliane précède ses hôtes dans le salon. En l'honneur de leurs invités, les Oulaï ont allumé quelques lampions dans le jardin. Le jeu des lumières se reflète sur les rosiers et la pelouse fraîchement tondue. La petite clémentine fait la fière à la place de l'ylang-ylang calciné par la foudre. Les pieds délicatement chaussés de mules, la silhouette oscillant gracieusement, Éliane introduit ses visiteurs dans le salon qui bourdonne d'un joyeux brouhaha.

Installés dans les fauteuils en cuir, tous les convives savourent un apéritif en attendant de passer à table. Autour de Mâ Rolande, Albert et Maryline Zouti profitent de la joie des retrouvailles avec Irène et Isaac Lago. Quelques notes de musique classique fusent d'un invisible magnétoscope.

En prélude au dîner, les enfants ont été servis une demi-heure plus-tôt. Retranchés dans leurs quartiers avec la domestique, ils attendent patiemment que Mâ Rolande les prennent en charge.

Le petit groupe du salon accueille Samantha Lonin et Timothy Douglas avec chaleur. Coiffée d'un gigantesque foulard à la mode nigériane et revêtue d'un basin brodé, Maryline est très élégante avec ses sandalettes en cuir tressé. Albert Zouti est élégant dans une djellaba claire. Irène arbore un chignon compliqué et une magnifique robe cousue dans du pagne wax. Isaac est revêtu d'un polo et d'un jean qui souligne son imposant gabarit. Les pieds chaussés d'espadrilles, il semble toujours en alerte pour une éventuelle intervention.

Et tous très joyeux, échangent sur des sujets sérieux ou plaisantent au gré de fou-rire. Ces dames se pâment lorsque Timothy leur applique un baisemain. Il n'y a pas à dire, il est vraiment bien éduqué. Mâ Rolande, majestueuse dans un boubou en dentelles et un foulard attaché à la Modibo, ne tarde pas à prendre congé pour s'occuper du bataillon de l'autre côté.

Les convives s'installent avec bonheur dans la salle à manger illuminée. Autour d'un méchoui de mouton et de brochettes de poulet, chacun se prépare à affronter les choses sérieuses. Un *pepper soup*[3] de tripes et de pattes de mouton complète le dîner. D'entrée de jeu, une immense salade d'avocats aux crevettes fait le tour de la table. Des bouteilles de vin d'une cuvée spéciale, attention délicate de Cédric, font les yeux doux à la tablée.

Ensuite, occupés à se gaver de couscous et à mastiquer des quartiers de moutons, les invités se détendent dans une ambiance familiale.

—Il y en a pour au moins deux heures de jogging à éliminer le superflu, plaisante Maryline.

Irène hoche vigoureusement la tête pour marquer son assentiment.

—En attendant, moi je ne te laisserais jamais occuper la première place au cinéma, plaisante Isaac. Ton foulard *anago*[4] barrerait la vue à toute la salle. C'est comme les branchages d'Irène, je n'en vois vraiment pas l'utilité. C'est l'année de la protection du cerf?

Cette blague d'Isaac déclenche une hilarité générale. Il n'y en a pas deux comme lui pour ajouter du pep aux instants de retrouvailles.

---

[3] Soupe pimentée
[4] Ethnie du Nigéria

—Tu es archinul, mon chéri! rétorque Irène en reprenant son souffle. Je crois que vais me résoudre à commander une muselière.

—Si tu redis cela, menace Isaac faussement sévère, je me ferai tailler un fouet en lanière de bœuf. Une femelle marche au pas.

—Attention! ces tigresses vont te faire la peau! chahutent Cédric et Albert. Les femmes, quand elles s'y mettent : hum!

—En attendant, ce dîner est exquis, s'extasie Timothy Douglas. Mes hommages, chère madame, vous êtes une excellente hôtesse.

—En voilà un gentleman! clament en chœur Irène, Éliane et Samantha. Ça change un peu des machos qui parlent de chicotte et consorts.

Et très complices, il semblerait que ces dames se retiennent pour ne pas flanquer le contenu de leurs assiettes à la tête d'Isaac en un joyeux bizutage.

—Ce vin, mon cher Cédric…

Les papilles gourmandes, les hommes apprécient la cuvée spéciale de Cédric.

—Fidélia 1999… déchiffre Isaac à voix haute en scrutant une bouteille. Il n'y a pas à dire, ça c'est du vin. Parfait avec le méchoui et les braisés, on en redemande volontiers.

—Absolument, acquiescent Albert et Timothy.

—Nos ingénieurs ont sérieusement bossé pour le concevoir, explique Cédric. Nous voulions lui imprimer un cachet unique, une saveur qui reflète nos particularismes.

—Oh oui! Mon braisé n'est pas forcément le french barbecue, renchérit Timothy. Quelque chose d'unique, c'est bien pensé et ça tombe à propos.

—Merci. Vous me faites honneur, vraiment…

Ravi de l'impact de cette cuvée spéciale sur ses convives, Cédric entrevoie des perspectives radieuses pour l'égérie de son commerce de vins. Il l'a nommée Fidélia comme sa première fille, pour immortaliser le bonheur de son union avec Éliane. Au moment de la pause-café, sur un léger coup d'œil de Timothy, Samantha informe Éliane du besoin d'un aparté avec Cédric pour parler affaires. Un peu en retrait, Timothy n'y va pas par quatre chemins pour proposer à Cédric un *win-win partnership*[5] :

—Nous avons des entrées au Nigéria. C'est un gigantesque marché de consommation de plus de deux cent millions d'habitants. Rien qu'à Lagos, nous serions assurés de vendre un stock important de bouteilles. J'ai moi-même testé la qualité et j'avoue que je suis bluffé.

—Vous êtes vraiment sûrs du Nigéria? hasarde Cédric un brin sceptique. Avec les estimations du

---

[5] Partenariat gagnant-gagnant

Doing business et notamment l'impact de la corruption…

—Ça c'est pour les narcotrafiquants, objecte Timothy la face éclairé d'un léger sourire. Je connais très bien Lagos et ses environs. Nous vous proposons un business propre avec toutes les garanties possibles.

—Ok! Si vous nous donnez toutes les garanties, on pourrait conclure un marché.

—Nous vous reviendrons dans les tous prochains jours, se réjouit Timothy. En attendant mon cher Cédric, vous avez une charmante famille.

—Merci Timothy. Et alors c'est pour quand les épousailles avec ma sœur Samantha?

Pris au dépourvu par la remarque de Cédric, Timothy Douglas éclate de rire et jure la main sur le cœur de régulariser la situation au plus-tôt. Un éclair de reconnaissance semble illuminer les prunelles de Samantha qui échange avec Cédric un sourire complice.

Demeurés seuls, Albert, Maryline, Irène et Isaac échangent leurs impressions sur Samantha et son compagnon.

—Ils m'ont l'air de gens respectables, hasarde Maryline soutenue par Albert.

—Peut-être, objecte Irène, toutefois, moi je ne souhaite pas les fréquenter.

—Et pourquoi? s'offusque Isaac. Tu t'imagines ton cher mari faisant la cour à Samantha? un peu de sérieux, Irène.

—Attention! ils pourraient nous entendre, prévient Maryline. Ils sont juste à côté.

Après le départ des convives, Maryline aide Éliane et les domestiques à ranger le désordre du salon et de la salle à manger. Les enfants accourent spontanément à la suite de Mâ Rolande.

—Comment? Vous ne dormez pas?

La mine faussement sévère, le regard d'Éliane s'attarde sur les uns et les autres.

—Pas moyen de faire dormir ces chenapans, gémit Mâ Rolande. ils voulaient forcément un câlin de papa et maman avant de s'endormir.

—Vous n'êtes pas raisonnables! les gronde Éliane. Je devrais vous priver de télé.

—Oh non! s'il te plaît maman. Pas la télé. Il y a Dora l'exploratrice avec Chipeur le Renard.

Adorable dans son pyjama, le petit Yohan supplie sa mère de ses yeux de poupon.

—Viens-là mon grand!

Cédant à un élan d'affection maternelle, Éliane le porte dans ses bras et le couvre de bisous.

—Y en a que pour ce gros gaillard qui se prend pour un bébé, raille Fidélia faussement indignée.

—Tu voudrais que maman te porte avec ta masse et tes os durs?

Cette remarque d'Yvan déclenche l'hilarité des adultes.

—C'est bien envoyé mon grand! le félicite Éliane.

Et cédant à son émotion de mère, elle applique à chacun un bisou douillet. Flanquée de Mâ Rolande et de Maryline, Éliane part les border. Dans le silence du jardin, Cédric et Albert prennent de l'air autour d'une énième tasse de café.

—Tu comptes faire un business avec Samantha et Timothy? N'oublie pas notre cher Tonkpi.

—Justement, tu fais bien de me le rappeler, relève Cédric. On pourrait expérimenter quelque chose dans le périmètre du Mont Tonkpi et à la lisière du Mont Nimba.

—Ça paraît intéressant.

Et Cédric brosse à Albert un aperçu d'un projet d'expérimentation de vignobles dans le Tonkpi. Quelques zones répertoriées pourraient servir de cadre d'essai dans cette région qui présente quelques similitudes avec des zones tempérées.

—À propos, tu sais qu'il a fait zéro degré la semaine dernière à Biankouma?

—Pas possible, rétorque Cédric le faciès étonné.

—Ben si. Nous séjournions aux abords de la Vierge du Mont Toura. Je t'assure que nous grelottions. Au petit matin, une sorte de givre recouvrait les sommets alentours. Quelques uns ont alors affirmé qu'il avait neigé sur les massifs.

—Ah bon?

La mine stupéfaite, Cédric enregistre une information capitale à l'implémentation de son projet. Albert Zouti cause ensuite de sa ferme et de ses exploitations agricoles. Complètement reconverti dans les projets agropastoraux, la situation d'Albert Zouti s'est considérablement améliorée. Il compte au rang des businessmen et des hommes influents du Tonkpi.

—Tu as finalement tiré un trait sur ton projet de savonnerie? interroge Cédric faisant allusion à un vieux projet d'Albert.

—Absolument! rétorque ce dernier. Il y avait trop de tracasseries administratives. Figure-toi que mes petits-enfants n'en auraient pas fini de payer les pots de vin!

Cédric éclate de rire cependant qu'Albert Zouti rigole également de la gourmandise de certains bonshommes qui s'imaginent que les investisseurs trimballent d'inépuisables caisses à sous. Dans la fraîcheur du jardin, les deux amis savourent le bonheur des retrouvailles.

—Alors?

—Alors, c'est dans la poche! Jubile Samantha à l'oreille de son amant, dans l'intimité de sa villa. Tim a fait bonne impression. Nous allons bientôt poursuivre les échanges dans un cadre moins familial.

—Tu as carte blanche, ma petite Samantha. Tu peux entièrement disposer de l'autre résidence.

—Commence la procédure pour une série de visas et de titres de séjours. Je te dirai le nombre avec exactitude dans les jours à venir.

—Combien de temps pour ficeler le projet?

—*Merry Christmas*! murmure Samantha, les prunelles dures comme de l'acier.

—C'est parfait! jubile son amant. Je t'offrirai des vacances de rêve.

Et tirant sur la fermeture éclair de la robe de Samantha, il met à nu son corps de déesse, tandis que la robe retombe à ses pieds en un froufrou sensuel. À la lueur de l'éclairage tamisé, sa silhouette enrobée de reflets cuivrés apparaît irréelle. Avec sa chevelure volumineuse et son profil insolent de charme, elle affolerait les sens de n'importe quel mâle. Il se délecte de ce magnifique tableau auréolé de reflets dorés et cuivrés.

Peu lui importe ce passé sur lequel elle se montre évasive. Il a rencontré une magnifique partenaire dotée d'une femme d'affaires exceptionnelle qui ne lésine pas sur les moyens pour amasser dans son coffre-fort des tonnes de liasses de billets de banque. La silhouette avantageuse de Samantha est aussi un sésame-ouvre-toi, lorsqu'il la trimballe au gré de réunions ou de dîners avec des associés ou des potentiels partenaires. Ils deviennent respectueux devant sa capacité à entretenir une femelle aussi époustouflante. Samantha, amante, poupée sexuelle, associée…

—Samantha!

En deux enjambées, il la rejoint et la culbute sur la moquette. Posséder Samantha, c'est comme posséder la gente féminine. Entre gloussements et gémissements, elle se laisse faire. Ce soir, elle a choisi de camper le rôle de la partenaire soumise. Complètement affolé, il multiplie les caresses et les baisers avant de conclure sauvagement l'étreinte.

Les cheveux auburn voltigeant en tous sens, Samantha subit les assauts en poussant des gémissements de douleur ou de plaisir. Elle le sait parfois sadique et se fait un plaisir de combler ses fantasmes avec des airs de soumission du moyen-âge.

6

À l'approche des festivités de fin d'année, les séances de travail se multiplient entre Cédric Oulaï et le duo Samantha Lonin-Timothy Douglas. En sus des accords à finaliser pour conquérir le marché nigérian, Samantha et Timothy se montrent enthousiastes quant à la faisabilité du projet viticole du Tonkpi.

Méticuleux en affaires, Cédric a pris le soin de transmettre toutes les pièces constitutives du projet de partenariat à ses avocats pour en authentifier la véracité. Convaincu de la bonne foi de ses interlocuteurs, c'est tout naturellement qu'il accepte un dîner avec d'autres partenaires intéressés par le projet.

Ce soir-là, très élégant dans un smoking bleu-nuit, Cédric se rend au dîner d'affaires. Éliane qui se trouve empêtrée dans les préparatifs d'une série de conférence, ne peut l'y accompagner. Aux environs de dix-neuf heures, Cédric foule le sol de la propriété indiquée par Timothy et Samantha comme cadre du rendez-vous. C'est une splendide résidence avec un immense jardin et un garage dans lequel stationnent de nombreuses voitures de luxe. Un domestique en livrée conduit Cédric dans un gigantesque salon meublé de meubles en cuir, de poufs et de sofas. Habillés comme pour un gala, Samantha et Timothy l'accueillent avec chaleur.

—Mon cher Cédric, quelle ponctualité! La résidence n'a pas été trop difficile à repérer peut-être?

Cédric lui assure que non en prêtant sa joue à l'exercice de ses bisous floraux. Revêtue de strass et de paillettes, elle a l'air d'une poupée de collection tout juste sortie de son emballage. Ses cheveux auburn lustrés avec soin reflètent l'éclat des paillettes. À son poignet, luit un énorme scarabée. Parée de diamants, les yeux de Samantha reflètent quelque chose d'indéfinissable. Sans doute l'excitation à la veille de conclure un important contrat.

Quant à Timothy, très élégant dans un smoking rouge bordeaux, il arbore une œillère du côté gauche. Arborant une chevalière en or, le poignet exhibant une coûteuse montre en or, ses souliers parfaitement lustrés semblent prêts à suinter de l'huile.

—Cédric, mon cher, bienvenu! À cet avenir radieux dont nous posons les jalons ce soir! s'enthousiasme Timothy en échangeant une franche accolade avec Cédric.

Une indicible aura de fausseté provoque en Cédric un léger malaise, toutefois les gestes naturels de Samantha et le sourire rassurant de Timothy contribuent à le détendre.

—Nos invités devraient arriver d'un moment à l'autre, déclare Samantha en lui servant une généreuse rasade de *Bailey's*.

Et rediscutant de certains points des accords, ils patientent dans des fauteuils moelleux.

—Vous voudrez bien m'excuser, décrète Timothy en se levant après une poignée de minutes. Il me semble qu'un de ces messieurs signale son arrivée.

En effet résonne dans le lointain une série de coups de klaxon. Samantha se met en devoir d'entretenir la conversation.

—Et comment vont cette chère Éliane et les enfants? Il faudra que je passe embrasser ce bout de chou de Yohan.

Cédric se sent soudain étrange. Une légère euphorie lui monte à la tête, un inexplicable sentiment d'ivresse que ne saurait justifier un verre à moitié plein de *Bailey's*.

—Il faudrait peut-être que je rentre. Je me sens… je ne sais trop… un léger malaise. Écoutez, on remet cela. Ok?

Mais il n'a pas l'occasion d'en dire plus. Se sentant infiniment las, le verre de *Bailey's* lui échappe des mains et se brise sur le carrelage. Samantha esquive de justesse un entrelacs visqueux de liqueur et de bris de verre.

—Encore des morceaux de verre cassés, soupire-t-elle de dégoût.

Puis, caressant comme le pelage d'un caniche, le menton de Cédric inconscient, elle décrète les lèvres pincées et les prunelles luisantes d'un perfide éclat.

—Non Cédric, pas encore. Tu ne comptes pas filer à l'anglaise? Ce soir, après quinze années d'union, nous allons gratifier Éliane de son premier cocuage. Ce que j'ai attendu ce moment…

À Timothy qui réapparaît comme par enchantement suivi du domestique en livrée, elle crie de l'aider à transporter ce cher Cédric là-haut. Dans une chambre au mobilier imposant : lit d'acajou, commode en bois d'oranger, couvre-lit, traversin, multiples coussins, Samantha Lonin se retrouve seule en compagnie de Cédric Oulaï qu'elle prend plaisir à dénuder. Satisfaite de son œuvre, elle l'examine, une lueur triomphale dans les yeux.

—Ta chère Mâ Rolande ne t'a pas appris qu'il faut se méfier des étrangers? D'où me connais-tu? Je vais te détruire Cédric Oulaï! Je vais anéantir ta pimbêche d'Éliane! J'effacerai tout souvenir de vous sur la terre des vivants! Tu vas pleurer ta mère, puis chacun de tes fils, puis ta fille! Ce sera alors au tour d'Éliane de te pleurer amèrement avant de sombrer dans la folie!

Son projet macabre ainsi dévoilé, Samantha Lonin se dénude et s'affale sur le corps de Cédric inconscient. Dans l'isolement de la chambre, elle palpe à l'infini chaque pli de peau. Puis come par enchantement, elle exhibe un morceau du verre cassé et provoque une entaille au poignet de Cédric. Du sang suinte de la blessure occasionnée. Les lèvres avides et les prunelles en feu, Samantha s'agrippe au poignet blessé qu'elle suce à l'infini. Repue du sang de sa victime, Samantha Lonin déniche un appareil photo et photographie Cédric Oulaï sous toutes les coutures.

—À présent, tu ne m'échapperas plus, décrète-t-elle la bouche encore emplie de la senteur salée du sang.

Un peu plus tard, les tempes lourdes et le poignet en feu, Cédric Oulaï émerge d'un sommeil artificiel. Que lui arrive-t-il? Où se trouve-t-il? Que s'est-il passé? À ses côtés, sommeille une forme qu'il identifie d'abord à Éliane.

—Bien reposé, mon chéri? susurre Samantha Lonin nue à ses côtés sous la couverture.

—Qu'est-ce que? Que faites-vous là? jaillit-il hors du lit.

Réalisant qu'il est complètement nu, il se précipite pour enfiler ses vêtements étalés sur un pan de la commode.

—Que caches-tu? Tu m'as absolument tout montré, roucoule Samantha une lueur moqueuse au fond des yeux. Nous avons entremêlé nos fluides. J'avoue que tu es un excellent partenaire. Éliane a bien de la chance.

—Vous, vous avez monté tout ce stratagème juste pour m'entraîner dans votre lit?

Cédric hébété considère Samantha avec une lueur de dégoût.

—Bah oui! Qu'est-ce que tu crois? Répond-elle sans gêne. Je suis capable du pire pour atteindre mes objectifs.

—Écoutez, c'est vraiment une plaisanterie de mauvais goût. Où est Timothy votre fiancé?

—Il est occupé à ses propres affaires. Comprends que nous sommes un couple libéral.

Complètement rhabillé, Cédric voudrait au plus loin fuir cette espèce de malade et son palace démoniaque.

—Pas si vite! décrète-elle en lui barrant le passage le corps entièrement nu. Étant donné que je ne voudrais pas causer de peine à cette douce et gentille Éliane, tu vas continuer le jeu du voisin attentionné.

—Fichez-moi la paix!

Cédric repousse Samantha et sort de la chambre.

—Attention à l'escalier! lui crie-t-elle simplement. Pense à renouveler ton bandage! Et t'inquiète, Tim t'a injecté un sérum antitétanique!

Remarquant le bandage à son poignet endolori, il émet un juron et quitte les lieux.

—Le portail, c'est tout droit après l'allée de gauche! Tu ne saurais te perdre!

La voix de Samantha le poursuit jusqu'au seuil de la demeure maudite. Il s'évertue tant bien que mal à conduire avec son poignet endolori. Les tempes en feu, il se maudit pour son manque de vigilance. À cette heure, les propos de sa mère lui reviennent en tête. Mue par la clairvoyance des personnes âgées, Mâ Rolande l'avait mis en garde contre cette garce.

Dans la demeure maudite, les lèvres étirées en un sourire macabre, Samantha pianote sur les touches de son téléphone portable.

—Allo! décroche une voix servile à l'autre bout du combiné.

—Cédric est en route. Vous éliminerez le paquet sale dès son arrivée.

—C'est compris.

Les prunelles démoniaques, Samantha termine le fond de Bailey's. Et voilà, la machine vient d'être lancée. Cette très chère Éliane va amèrement regretter d'avoir épousé Cédric.

Gêné par son poignet douloureux, Cédric marque une halte dans une structure sanitaire privée pour des soins complémentaires. Le médecin de garde ausculte la blessure et lui administre un analgésique en injection intraveineuse. Par mesure de précaution, Cédric devra suivre une cure d'antibiotiques durant quelques jours. Un léger engourdissement de l'épaule et une très légère piqure renseigne quant à la véracité des déclarations de Samantha à propos du sérum antitétanique. Le poignet traumatisé dont la peau paraît fripée, terne, est enveloppé dans un bandage stérile.

—Avez-vous énormément saigné?

Cédric ne sait trop quelle réponse donner au médecin étant donné qu'il ne souvient de rien.

—Ce n'est pas bien grave.

Le médecin adjoint à l'ordonnance un sirop d'acide folique pour prévenir tout risque d'anémie.

—Merci docteur.

—Je vous en prie.

Après une brève halte dans une pharmacie de garde, Cédric est de retour à la villa avec son poignet enveloppé d'un bandage et son sachet de médicament. Pendant ce temps, la domestique est occupée à servir un pot de yaourt à Mâ Rolande. Avec les exigences liées à l'âge, Mâ Rolande se fait régulièrement servir du yaourt pour contrer les effets d'une décalcification.

Éliane qui vient de border les gosses patiente auprès de sa belle-mère en attendant le retour de son mari. Le pot de yaourt gracieusement ouvert et une petite cuiller à café sont remis à la mère de Cédric sur un plateau. La vieille dame se délecte innocemment du yaourt.

Au même moment, arrive Cédric visiblement mal à l'aise avec son bandage et ses médicaments. Les prunelles effarées d'Éliane vont du bandage au sachet de médicament.

—Mon amour, s'inquiète-elle. Que s'est-il passé? Tu as eu un accident.

Reposant sa cuiller et son pot de yaourt à moitié entamé, Mâ Rolande partage l'inquiétude de sa bru :

—Que s'est-il passé? Pourquoi ce bandage et ces médicaments?

Au prix d'un effort surhumain pour paraître naturel, Cédric raconte à sa mère et à son épouse le scénario qu'il a concocté le long du chemin.

—En voulant éviter un accrochage, je me suis fait mal au poignet. La situation est sous contrôle, j'ai consulté un médecin.

—Mon Dieu, ces chauffards d'Abidjan! se lamentent Éliane et Mâ Rolande.

Cédric se sent mal à l'aise quant à l'étreinte et aux câlins de son épouse. Lorsqu'elle le questionne par rapport au dîner avec Timothy et Samantha, il la rassure que les choses se sont bien passées et que le projet est viable. Mâ Rolande qui connaît son fils se sent tout à coup sceptique quant à l'argumentaire de Cédric relativement au dîner. Fixant intensément le poignet enveloppé de bandage et les prunelles de son fils, elle voudrait un certain nombre de précisions, lorsque secouée par un spasme violent, elle laisse échapper un flot de vomissure et s'écroule au sol.

—Mon Dieu, Mâ Rolande! hurlent Cédric et Éliane atterrés.

Les domestiques accourent spontanément.

—Il faut la transporter à l'hôpital d'urgence! décrète Éliane.

Cédric semble dans un état second. Les yeux hagards, il s'évertue à porter secours à sa mère. Aidé des domestiques, Cédric et Éliane transportent Mâ Rolande à la voiture. Le chauffeur de Cédric semble très remué par le malaise de la vieille dame. C'est le chauffeur de Mâ Rolande qui prend spontanément le volant. Toutes les fois que sa patronne séjourne chez son fils et sa bru, une chambre lui est gracieusement offerte dans le compartiment des domestiques de la villa. De ses longues années au service de la vieille dame, est née une indéfectible amitié et un respect mutuel.

Le Centre Hospitalier Universitaire est situé à une centaine de mètres. En quelques fractions de seconde, le véhicule se gare au service des urgences. Mâ Rolande est immédiatement prise en charge par une équipe de médecins et d'infirmiers de garde. Le visage anxieux, Cédric, Éliane et le chauffeur attendent le diagnostique du médecin. Après une attente angoissante, le médecin de garde demande à les rencontrer.

—Il s'agit d'une intoxication alimentaire aiguë. Vous avez eu le réflexe de la conduire à temps dans nos services.

—Une intoxication alimentaire?

Éliane ne comprend pas comment cela a pu se produire.

—Mâ Rolande ne mange pas dehors. J'achète moi-même au supermarché les produits laitiers et les biscuits…

—Pourtant… elle prenait un pot de yaourt lorsque je suis rentré… observe Cédric tout autant perplexe que sa femme.

—Heureusement qu'elle n'a pas vidé le contenu du pot, se console Éliane.

Le médecin explique que des cas de produits laitiers contrefaits ont déjà été enregistrés. Quand ce ne sont pas des contrefaçons pures, ce sont les dates de péremption qui sont traficotées pour maintenir ces produits dans le commerce. Il émet le souhait d'analyser les restes du yaourt. Éliane promet de le lui rapporter à condition que les domestiques n'aient pas nettoyé et jeté le pot aux ordures.

Pendant ce temps, dans une embrasure discrète de la villa, le chauffeur d'Éliane renseigne au téléphone le commanditaire de la tentative d'assassinat.

—Oui, ils sont à l'hôpital. On ne sait pas grand-chose pour le moment. Dans tous les cas, elle a bu le yaourt. Monsieur Cédric est blessé au poignet.

—Je sais, le coupe son interlocutrice. À partir de maintenant, c'est la veillée d'armes. Tenez-vous prêts à exécuter mes ordres à la minute! Pour vous, l'eldorado n'est plus loin.

—C'est compris!

Rassemblant ses collègues pour leur communiquer les derniers mots d'ordre, il se montre péremptoire, menaçant à la limite.

—Au point où nous en sommes, ça passe où ça casse! Je suppose qu'aucun de vous ne souhaite aller en prison. Nous allons demeurer solidaires, finaliser le projet et nous donner les chances de dire adieu à la galère!

—En tous cas, nous aussi, nous sommes nés pour réussir, approuve bruyamment la cuisinière!

—Et que fait-on du chauffeur de la vieille dame? interroge le jardinier un fond de mépris dans les yeux.

—On le surveille de très-près, celui-là! Nous allons lui régler son compte au moment opportun. Ce vieux con ne va pas nous mettre du plomb dans l'aile. Si ça l'amuse de faire l'esclave, nous, nous sommes fatigués. On veut réussir!

—On veut réussir! approuvent en chœur ses collègues.

—Est-ce que monsieur Cédric ou sa femme Éliane seraient capables de vous faire émigrer aux États-Unis?

—Même pas en rêve! Ça leur plaît trop de nous dominer, de nous écraser.

Gonflés à bloc dans leur désir de mener une vie nouvelle à l'étranger. Les domestiques resserrent leur union sacrée. Le compte à rebours est amorcé. Très bientôt, eux aussi se la couleront douce au pays de l'Oncle Sam.

Du côté de la résidence maudite, Samantha Lonin et son amant font le point avec Timothy Douglas. Samantha arbore un boubou sobre et dénué de toutes paillettes. Timothy a tronqué son costume bordeaux contre une modeste djellaba. L'amant de Samantha exhibe un boubou en basin riche brodé. Sur une table à apéritif encombrée de liqueurs et de restes de poulets, ils peaufinent le dernier acte de leur plan macabre.

—Je vais m'arranger pour épingler la cible, rassure Samantha en mâchonnant le bout d'un cure-dent. Ce sera un jeu d'enfant. Je l'ai déjà apprivoisé. Il suffira d'emberlificoter la mère.

—Tu es vraiment sûre de ton emprise sur le père? interroge son amant à brûle-pourpoint.

—On ne peut plus. Cédric mettra du temps à s'en remettre. Je me suis appropriée son ADN.

Plongeant la main dans une poche intérieure de son boubou, elle exhibe une mini fiole emplie de sang.

—Je tiens Cédric et je ne compte pas le lâcher. Je suis comme ça. Lorsque je tiens une proie, je ne la lâche qu'après lui avoir insufflée la morsure fatale.

—Et tu es sûre de tenir le chrono? questionne de nouveau son amant.

—*I said merry Christmas*[1]! rétorque Samantha les prunelles sarcastiques.

—Tiens-toi à carreau, Tim! conseille l'amant de Samantha. C'est préférable pour l'instant, du moins…

Samantha passe les quarante-huit heures suivantes dans la villa maudite. Elle consacre essentiellement son temps à des préparatifs mystiques.

---

[1] J'ai dit Joyeux Noël!

7

Mâ Rolande passe quelques jours en observation. Éliane n'a pas finalement rapporté le pot de yaourt incriminé. La cuisinière explique qu'elle était tellement en colère qu'elle a jeté aux ordures le fameux yaourt et tout le stock au frigo. Les voisins viennent spontanément réconforter Cédric et Éliane. Madame Gola se montre très peinée de la nouvelle de l'hospitalisation de Mâ Rolande.

Accourue aux nouvelles, Irène essaie tant bien que mal de soutenir Cédric et Éliane dans cette pénible épreuve. Ils se relaient au chevet de Mâ Rolande. Isaac est en mission à l'intérieur du pays. Cédric a décidé de ne pas informer ses sœurs vivant à l'étranger à l'effet de ne pas les angoisser.

Par mesure de précaution, chacun passe au crible les produits laitiers présents dans son réfrigérateur. Les enfants sont quelque peu moroses avec le drame de l'intoxication de leur chère grand-mère. Mâ Rolande est tellement gentille et disponible pour chacun d'eux.

—Et ta chère voisine? s'enquiert soudain Irène. Personne ne l'a encore vue? Tu sais que c'est dans le malheur qu'on reconnaît ses vraies amitiés.

—Elle est en voyage, paraît-il. C'est comme Isaac en mission. Samantha est vraiment quelqu'un de bien. Je parie qu'elle serait à nos côtés si elle n'était empêchée.

Et comme par enchantement, apparaît Samantha Lonin sobre et presque sans maquillage dans une modeste robe grise et un sac à main assorti.

—*My dear sister*[1]! se jette-t-elle dans les bras d'Éliane. Qu'est-ce que j'apprends? Pauvre Mâ Rolande.

Samantha écrase discrètement une larme dans son mouchoir immaculé. Tandis qu'elle se fait raconter en détails le drame vécu par la mère de Cédric, Irène la considère pensivement. Il y a décidément en cette femme quelque chose qui ne lui revient pas. Et puis d'ailleurs, pourquoi porte-t-elle autant d'intérêt à Éliane? Qui sont ses parents? Pourquoi n'en parle-t-elle jamais?

Mue par son sixième sens, Irène est convaincue que cette Samantha Lonin porte malheur. Isaac pourrait très bien la traiter de folle, mais jusque-là, le couple Oulaï évoluait sans histoires avec Mâ Rolande et les enfants.

---

[1] Ma chère sœur!

Contrairement à Irène, Éliane est très sensible à la présence de Samantha Lonin. Au cours des dernières semaines, elles ont appris à se connaître et à s'apprécier mutuellement.

—Merci pour le dîner offert à Cédric, la remercie Éliane.

—Je t'en prie. C'est la moindre des choses. En tous cas, le courant passe très bien entre Timothy et Cédric.

Cédric qui émergeait du salon avec le petit Yohan dans les bras, effectue un instinctif mouvement de recul et bat en retraite à l'intérieur de la maison. Sans avoir remarqué la pirouette de Cédric, Irène jurerait que Samantha Lonin a éprouvé un léger trouble à l'évocation du dîner.

—Vous avez reçu Cédric à dîner? rebondit-elle.

—Oui un dîner d'affaires, élude Samantha.

C'est en ce moment que sonne sa tablette qu'elle extrait fébrilement de son sac à main. Elle converse rapidement en anglais, puis s'excuse auprès d'Éliane :

—Je dois y aller. Nous sommes en plein préparatifs d'un défilé de mode avec des stylistes de renom. À l'approche de Noël, nous sommes toujours surbookés.

Embrassant Irène et Éliane, Samantha repart aussi vite qu'elle est venue. Cédric qui guettait son départ, peut tranquillement s'associer au duo dans le jardin.

—Tu viens à peine de rater Samantha, l'informe Éliane navrée.

—Vraiment? quel dommage!

Et Cédric paraît tellement naturel que même Irène n'y voit que du feu. Cette nuit-là, Éliane est sujette à un épouvantable cauchemar. Autour d'elle se fracassent des piles de verres, des gens courent et hurlent en tous sens. Puis c'est le petit Yohan agrippé à ses jupons qu'un épervier essaie de lui arracher. Le gigantesque oiseau de proie aux prunelles maléfiques tournoie sans arrêt autour d'Éliane en poussant son cri sinistre et perçant.

Éliane est de nouveau projetée dans un labyrinthe où le zombie hideux au visage lacéré essaie de lui implanter un énorme morceau de verre dans le cou. Puis c'est l'image d'un vampire grimaçant qui plante ses crocs acérés dans le cou de Cédric. Un flot de sang jaillit : le vampire grossit cependant que Cédric ramollit et devient flasque. Éliane se réveille en sursaut le visage baigné de sueur, le cœur agité de bonds désordonnés.

Tandis que Cédric dort à poings fermés, Éliane se débarbouille et enfile en toute hâte une gandoura. Elle griffonne rapidement un billet à l'intention de Cédric. Chaussée de mules légères, Éliane se rend à l'office matinal. Elle est sortie de la maison incognito et emprunte un taxi pour se rendre à l'église. La maisonnée endormie ne s'est aperçue de rien.

À la fin de l'office, Éliane observe quelques minutes d'adoration devant le Saint-Sacrement. Elle est maintenant convaincue qu'un grave malheur plane autour de sa famille. Éliane prie de toutes ses forces. Elle se rappelle chacune de ses visites au Tabernacle à bien des moments décisifs de sa vie. Ragaillardie par l'office matinal, Éliane achète quelques croissants et rentre à la maison.

Dans la matinée, Mâ Rolande sort de l'hôpital. Toute la maisonnée lui fait la fête. Les enfants lui ont composé quelques poèmes. Cédric et Éliane veillent à ce qu'ils n'étouffent pas la vieille dame de leurs câlins. Son chauffeur achève de l'émouvoir en lui offrant une gerbe de roses fraîchement cueillie dans le jardin.

—Moussa, murmure-t-elle les yeux imbibés de larmes. Tant d'années passées à mon service et toujours le même dévouement.

Isaac, rentré de mission, se dépêche de venir embrasser la vieille dame. Mâ Rolande couvre les uns et les autres de bénédictions. Environ deux jours plus-tard, à la descente du boulot, Éliane a l'agréable surprise de rencontrer Samantha.

—Mon véhicule vient de me lâcher, se désole Samantha. Tu peux me déposer?

—Mais avec plaisir, acquiesce Éliane. Monte donc!

Samantha très belle dans un jean moulant et un bustier fuchsia s'installe aux côtés d'Éliane. Chaussée d'escarpins, ses jambes paraissent interminables.

—Je vais d'abord chercher Yohan, prévient Éliane.

—Super! se réjouit Samantha. Je vais taquiner mon petit mari.

Éliane éclate de rire tandis que Samantha réaffirme d'une moue coquette que Yohan est son petit mari. Avec la maladie de Mâ Rolande et la mésaventure de Cédric dont le poignet cicatrise complètement, Éliane a les traits un peu tirés dans sa robe fleurie et ses sandales argentées.

Après quelques minutes de conduite, l'école de Yohan est bientôt visible avec sa façade surmontée du drapeau national. Flanquée de Samantha, Éliane salue la maîtresse et le gardien. Elle présente Samantha comme une sœur. La cour de l'école grouille de gamins piailleurs et pleurnichards.

—Maman! Tata! s'écrie le petit Yohan en reconnaissant sa mère et Samantha.

—Waouh! Il en a du pep! L'accueille Samantha, les lèvres étirées en un sourire éblouissant. Come tu es mignon dans ton uniforme!

Elle s'installe dans la voiture avec le gamin, cependant qu'Éliane échange quelques mots de courtoisie avec la maîtresse et le gardien.

—Alors, raconte-moi ta journée, le questionne Samantha qui vient de lui fourrer un paquet de gaufrettes entre les mains.

—J'ai dessiné un joli mouton dans un pré et j'ai chanté l'abidjanaise, renseigne le gamin occupé à ouvrir le paquet de biscuits.

Puis la bouche pleine et les yeux gourmands, il répond à demi-mots aux questions de Samantha.

—Comment s'appelle ta maîtresse?

—Oui… maîtresse.

Samantha éclate de rire. Éliane qui vient de remonter en voiture éclate de rire et remercie Samantha pour le paquet de gaufrettes. À la devanture de sa villa, Samantha saute lestement du véhicule et salue de la main Éliane et le gamin. Tout au long du trajet, le petit Yohan a eu droit à un débordement de bisous et de câlins.

À l'intérieur de la villa, les domestiques font une drôle de tête en apercevant le petit Yohan avec son paquet de gaufrettes. Yvan et Fidélia qui viennent de rentrer, pourchassent Yohan pour en chiper quelques-uns. Peu disposé à partager, le gamin se réfugie dans les bras de son père.

—Maman a déclenché la chienlit en t'offrant ces gaufrettes, chahute Cédric.

—Non, ce n'est pas maman, c'est tata Samantha, renseigne le gamin la bouche pleine.

—Donne-moi ça! s'énerve Cédric en arrachant le paquet de biscuits à Yohan.

—Maman! Maman!

Le gamin court trouver sa mère, les yeux et les joues barbouillés de larmes et de miettes de biscuits.

—C'est papa qui m'a arraché mes gaufrettes! sanglote le gamin.

—Ça fait trop de sucre pour aujourd'hui! décrète Cédric la mine sombre.

—C'était un cadeau de Samantha, relève Éliane étonné. Mais tu as raison, ça fait effectivement trop de sucre quand on y adjoint le goûter.

Fidélia et Yvan tirent sournoisement la langue à leur petit-frère qui crie de plus belle. L'apparition de Mâ Rolande qui vient consoler le petit Yohan ramène un peu le calme. Bien qu'encore faible, la vieille dame retrouve petit à petit ses couleurs. Cédric ennuyé décide de confesser toute la vérité à propos de Samantha. Il est hors de question de laisser cette sorcière détruire sa famille. Redoutant la foudre d'Éliane, il projette de recourir à la médiation de sa mère. Mâ Rolande trouvera les mots qu'il faut pour calmer la tempête. Et repensant aux mises en garde de sa mère quelques semaines plus-tôt, il se traite mentalement de trou-du-cul.

Dans la soirée, Éliane rend une visite de courtoisie à sa voisine madame Gola. Ravie de la visite d'Éliane dans son intérieur plutôt charmant, madame Gola l'invite à partager un plat *d'alloco*[2].

Les deux voisines papotent allègrement des petits riens de la vie. Madame Gola s'enquiert des nouvelles de Mâ Rolande.

—Elle va nettement mieux, rassure Éliane. Très bientôt, vous pourrez jouer aux échecs.

—Ah ça! Ce sera un massacre en bonne et due forme, s'esclaffe madame Gola. Mâ Rolande a beau m'expliquer, je n'y comprends rien.

Puis sur le ton de la confidence, madame Gola ajoute :

—Il paraît qu'un personnage très influent fréquente notre chère voisine.

—Qui ça? Samantha? s'étonne Éliane. Pas possible! Elle nous a présenté Timothy Douglas, son fiancé.

—Bah! c'est ce qui se raconte, rétorque madame Gola convaincue de son fait.

La semaine suivante signe le début des congés de Noël. Les enfants attendent impatiemment le dernier jour de classe. La veille du jour tant attendu, Éliane qui profite de son congé annuel aide activement la domestique à apprêter les enfants pour l'école. Elle leur a elle-même préparé le petit-déjeuner et le goûter. Ensuite Fidélia et Yohan sont montés à bord de l'autocar de ramassage qui les conduit à l'école. Cédric et Éliane sont allés déposés le petit Yohan.

---

[2] Tranches de plantain frites

Le chauffeur a raccompagné Éliane avant de reconduire Cédric au bureau. Il a annoncé qu'il procèderait à la vidange du véhicule. Le 4X4 d'Éliane est subitement tombé en panne et se trouve chez le mécanicien. La voiture de Mâ Rolande patiente dans le garage de la villa en attendant une éventuelle sollicitation. Et à l'intérieur de la villa, chacun vaque à ses occupations : la cuisinière autour de ses fourneaux, le jardinier autour des rosiers et de la pousse de clémentine qu'il soigne avec beaucoup d'attention. La nounou est quant à elle occupée à la buanderie.

Éliane bavarde avec Mâ Rolande étendue dans le canapé du salon. Aux environs de dix heures, quelqu'un sonne à la porte. Le jardinier revient quelques instants après avec une enveloppe kaki qu'il remet à Éliane d'un air naturel. À la question de savoir qui est l'expéditeur du pli anonyme, il répond de manière évasive qu'un gamin a insisté pour que le pli soit remis à madame Éliane Oulaï.

La mine intriguée, Éliane soupèse l'enveloppe et se décide à l'ouvrir cependant que le jardinier retourne à son jardinage. Il y a à l'intérieur de l'enveloppe, des photos qu'Éliane extirpe d'une main fébrile. Elle s'est instinctivement éloignée de Mâ Rolande. Dès les premières photos, Éliane manque de s'évanouir, les lèvres crispées pour étouffer un cri de désespoir qui monte du tréfonds de son âme, ses mains fébriles laissent choir les photos au sol. Sous ses yeux, des images de Cédric entièrement nu sont immortalisées sur du papier glacé. Une autre photo laisse clairement entrevoir un profil de femme aux hanches en amphore.

Les jambes flageolantes, Éliane s'écroule au sol près des photos qui attirent ses mains comme un aimant. Certaines photos très effrayantes montrent un faciès de femme horriblement défiguré. Éliane se rappelle le zombie de ses cauchemars. Sur d'autres photos, apparaissent une femme couchée sur une table d'opération. Par la suite, d'autres photos de son faciès entièrement recouvert de bandages comme celui d'une momie, apparaissent. C'est alors qu'une dernière photo représentant la silhouette bien connue d'une fraîche et pulpeuse jeune femme se détache du lot : Prisca Gondo! Éliane croit halluciner. Qu'est-ce à dire? Que vient chercher Prisca Gondo dans toute cette affaire? Serait-ce le sens de ces cauchemars qui la hantent ces derniers temps?

—Éliane! Éliane! appelle Mâ Rolande qui voudrait être informée.

À la question de savoir ce que contenait l'enveloppe, Éliane qui voudrait ménager sa belle-mère, lui répond simplement qu'il s'agissait d'un lot de prospectus relatifs à des demandes de sponsorings à l'approche des festivités de Noël.

—Tu es vraiment sûre que tout va bien? Tu as une mine étrange, mon enfant.

Au même moment, le brouhaha de Fidélia et Yohan qui rentrent de l'école tous excités, dispense Éliane de répondre.

—Comment cela? Vous êtes déjà de retour?

—Maman, c'est la grève, explique Fidélia, les prunelles flamboyantes. On a juste eu le temps de monter à bord du car.

—C'est vraiment la chienlit, renchérit Yohan, les gens courent en tous sens.

—Mon Dieu! Yohan! s'écrient Éliane et Mâ Rolande.

—Restez avec les gosses! Je cours chercher Yohan!

—Attends ma fille! Moussa va t'accompagner.

—Très bonne idée!

Mâ Rolande appelle Moussa en vain. Finalement la cuisinière jaillit avec son tablier maculé de sauce tomate pour annoncer que Moussa s'est absenté pour une course personnelle.

—Seigneur Dieu! se désolent Éliane et Mâ Rolande.

Puis Éliane décrète qu'elle va conduire elle-même. Les clés du véhicule sont malheureusement introuvables. Éliane a l'impression que le Ciel s'abat sur sa tête. Plus que jamais convaincue de l'imminence d'un malheur, elle tente désespérément de joindre Cédric, mais un problème de couverture du réseau empêche toute communication avec le monde extérieur. C'est alors que raflant son sac à main, les cheveux au vent, Éliane se dirige comme une folle vers le portail.

—Madame, madame! l'interpelle le jardinier qui invente une série de prétextes pour la retenir.

—Plus tard, plus tard, tente-t-elle de le repousser.

Mais le bonhomme semble hardiment lui barrer le chemin. Il y a au fond de ses yeux une lueur qu'Éliane n'apprécie pas du tout.

—Qu'avez-vous Ben? le reprend-elle avec fermeté. Mon fils de quatre ans est bloqué à l'école avec cette satanée grève. Vous ne comptez pas m'empêchez de sortir de chez moi?

Sur ces entrefaites, arrive madame Gola un peu échauffée, le foulard de travers :

—Tiens Éliane, je vous cherchais justement. Vous êtes au courant pour la grève?

—Vous tombez à pic madame Gola! jubile Éliane en franchissant le portail en coup de vent. Faites comme chez vous! Mâ Rolande est au salon avec les enfants.

Éliane est quelque peu tiraillée entre l'envie de sonner à la villa d'en face pour demander de l'aide à Samantha et le besoin de régler cet imbroglio toute seule. C'est alors que lui reviennent en tête les photos macabres expédiées chez elle par une main machiavélique. Prisca Gondo est dans les parages et se cache sous une fausse identité.

À ses oreilles résonnent les mises en garde d'Irène et les propos sceptiques de Mâ Rolande. Et si Prisca Gondo et Samantha Lonin ne formaient qu'une seule et même personne? On ne connaît pas vraiment de famille à Samantha. Elle a débarqué en fanfare un matin… Éliane se rappelle la tempête, la foudre, l'ylang-ylang calciné, la série de cauchemars, une impression de déjà vu. Où est Prisca Gondo et qui est Samantha Lonin? Il s'agit pour l'heure de secourir le petit Yohan.

Accélérant la cadence, Éliane tente en vain de héler un taxi. Quelqu'un lui lance alors que les conducteurs de taxis compteurs et de taxis communaux ont débrayé par crainte de se faire caillasser leurs véhicules. Éliane désespérée à l'impression qu'elle va se mouiller.

—Mon Dieu, Yohan, mon enfant, murmure-t-elle le visage ruisselant de larmes.

En désespoir de cause, Éliane se décide à faire de l'auto-stop. Paniqués par le mouvement de grogne sociale, aucun automobiliste ne lui prête vraiment attention. C'est un jeune motocycliste touché par sa détresse qui consent à s'arrêter.

—Montez, madame! Où puis-je vous conduire?

—Mon fils… mon de fils de quatre ans… je dois absolument le récupérer.

—Accrochez-vous! enjoint le jeune homme, cependant qu'Éliane se confond en remerciements.

D'une voix empreinte de sanglots et les larmes brouillées par la vue, Éliane indique l'adresse de l'école de Yohan. Le jeune motocycliste se faufile avec dextérité entre les véhicules et les piétons. En moins de cinq minutes, ils arrivent en vue de l'école de Yohan. Le pire se profile à l'horizon. Éliane qui a reconnu le véhicule de Samantha et la silhouette de celle-ci en grande conversation avec le gardien, hurle de toute la force de ses poumons en bondissant de la motocyclette.

—Nooon! Tonton Boni! Nooon!

Surprise, Samantha regarde en arrière avant de se hisser en vitesse à bord de son véhicule qui démarre en trombe. Le gardien, tonton Boni, a instinctivement refermé la grille. Infiniment soulagée, Éliane s'écroule au sol d'épuisement en remerciant le Ciel. Tonton Boni a rouvert la grille. Aidé du motocycliste, il aide Éliane à recouvrer ses esprits.

8

La maîtresse de Yohan et certains collègues qui s'étaient peureusement retranchés dans une salle, accourent aux nouvelles. Des passants qui ont suivi la scène, forment un attroupement. Le petit Yohan Oulaï vient d'échapper à un enlèvement. Quant à Samantha, l'inattendue de la situation lui a évité un lynchage. Éliane tente en vain de joindre Cédric. À chacune de ses tentatives, la voix impersonnelle de l'opératrice lui répond qu'il n'est pas disponible.

Le motocycliste propose de reconduire Éliane et son fils à la maison. Éliane serre Yohan à l'étouffer. Le garçonnet un peu ahuri ne comprend pas pourquoi sa mère l'étreint de la sorte.

—Arrête maman, tu me fais mal! proteste-t-il un brin agacé.

Quelques éclats de rire soulagés et des soupirs fusent de la foule.

—Eh! mon fiston, ta maman revient de loin! Plus-tard, tu comprendras.

Éliane indique l'adresse d'Irène au motocycliste. Parce que Yohan vient d'échapper à un grave danger, sa propre maison ne lui apparaît plus rassurante quand elle se rappelle l'attitude du jardinier, mais aussi l'empoisonnement de Mâ Rolande.

—Éliane! Yohan! Mon Dieu! que se passe-t-il?

—Ma sœur, le Ciel me tombe sur la tombe, l'informe Éliane d'une voix tremblotante. Prisca Gondo est revenue et se fait passer pour Samantha Lonin. C'est elle la source de tous nos malheurs.

—Prisca Gondo? Samantha Lonin? gémit Irène. Sainte Miséricorde! Je te mettais en garde contre cette femme. Je te disais de faire attention.

Puis remarquant la présence du motocycliste qui tient la main du petit Yohan, elle s'informe :

—Qui est-ce?

—Notre bon samaritain, répond Éliane. Sans lui, Yohan se faisait enlever par Samantha.

—Mon Dieu du Ciel! Un enlèvement?

—C'est comme je te dis!

—Mais installez-vous!

Irène installe le jeune homme en l'accablant de remerciements. Pris de sympathie pour Éliane et le petit Yohan, ce dernier voudrait s'assurer que la situation est parfaitement sous contrôle avant de prendre congé. Quant aux enfants d'Irène, Isaac a tout de suite pris les choses en main pour les ramener à la maison. Il jaillit de la chambre en pantoufles et bermuda et manque s'étrangler de fureur en apprenant la forfaiture de Samantha.

—Et Cédric? s'enquiert-il.

Au même moment, sonne le téléphone portable d'Éliane.

—C'est certainement Cédric, sourit-elle soulagée en décrochant.

Ils auront tout le temps d'éclaircir tout éventuel quiproquo. Pour l'heure, il incombe de sécuriser la maison et de dénoncer Samantha Lonin à la police.

—Allo! entame Éliane d'une voix visiblement soulagé.

—Allo! fait écho la voix glaciale de Samantha Lonin. Si tu tiens à revoir Cédric en vie, tu as intérêt à suivre mes recommandations à la lettre. Inutile de me bluffer. Il suffirait que je claque des doigts pour que ta Mâ Rolande se fasse massacrer avec tes gosses! Si j'aperçois la queue d'un seul flic, tu es foutue!

Et poursuivant de son timbre de voix aussi glaciale qu'un iceberg, elle donne des indications précises d'un lieu de rendez-vous.

—Enfoirée de putain décongelée! jure Isaac très remontée. Je vais la buter, cette salope!

Tandis que le petit Yohan court jouer avec la dernière-née d'Irène, Isaac prend la situation en main. Il émet une série de coups de fil et met en place son propre dispositif. Une paire d'agents spéciaux est dépêchée au domicile d'Éliane. Ces jeunes dames en civil se font passer pour des parentes d'Éliane venus s'enquérir des nouvelles en un moment de trouble.

L'atmosphère à la maison les renseigne tout de suite. Madame Gola présente un faciès atterré. Voulant jeter un coup d'œil chez elle, le jardinier très menaçant lui a froidement intimé :

« Personne ne bouge d'ici! ».

« Tu n'as pas dit que tu es kpakpato[1]? » lui a balancé la cuisinière d'un œil mauvais.

« On ne sait même pas qu'est-ce qui lui prend d'être toujours fourrée chez les autres? » a renchérit le chauffeur tout aussi effrayant.

Les enfants tous aussi atterrés que madame Gola, s'agrippent à Mâ Rolande qui se donne les moyens de ne pas faire apparaître son trouble. Une petite unité armée jusqu'aux dents et prête à intervenir à tout moment, se camoufle non loin de la villa.

Isaac accompagne Éliane au rendez-vous de Samantha Lonin. Un véhicule banalisé avec à son bord quatre militaires parés à toute éventualité, les suit discrètement. Dans une villa perdue quelque part en banlieue, Samantha retient Cédric en otage. Elle a débarqué dans son bureau et a menacé d'abattre Éliane et les enfants, s'il

---

[1] Personne affairée, commère dans l'argot ivoirien

discutait ses ordres. Effrayé par l'éclat meurtrier de ses prunelles, Cédric a été contraint de s'exécuter.

—À genoux et les mains sur la tête! lui intime-t-elle impitoyable. Tu te demandes bien ce qui t'arrive n'est-ce pas? Eh bien! Ta femme n'aurait pas dû me ridiculiser. Il y a quinze ans, j'ai failli mourir par la faute d'Éliane. Elle m'a totalement gâché la vie.

—Qui êtes-vous? interroge Cédric obtempérant à l'ordre de Samantha Lonin. Pourquoi tant de haine?

—Qui je suis? ricane-t-elle. Trop bête! Toi non plus, tu ne m'as pas reconnue, n'est-ce pas?

Et très satisfaite, elle lui tourne sournoisement autour ainsi qu'un lion narguant sa proie. Impressionnante dans un pantalon jean de couleur noir et un polo assorti, des bottines de la même teinte accentuent son air de la femme gangster. D'un geste rageur, elle le menace avec un pistolet automatique muni d'un silencieux.

—Qui je suis? Je suis Prisca Gondo et je trouve que tu n'aurais jamais dû épouser cette salope d'Éliane. Je me suis donnée tous les moyens pour t'avertir. J'ai vendu la mèche à Sophie Gossey. Et toi, tu l'as quand-même épousée, cette roulure, cette fille de bar!

—Je ne vous permets pas de parler ainsi d'Éliane! se rebiffe Cédric piqué au vif.

—Et tu ferais quoi? tu ferais quoi, sinon? Te voilà aussi inutile qu'un légume, toi Cédric Oulaï, richissime businessman devant l'Éternel!

Ils se toisent en silence. C'est alors que Timothy, narquois, vient annoncer l'arrivée d'Éliane Oulaï. Samantha voudrait s'assurer qu'ils n'ont pas été suivis.

—Je l'ai cueillie en chemin. Une vraie oie blanche, se moque-t-il.

Feignant de remarquer la présence de Cédric, il lui adresse un salut moqueur :

—Ça va Cédric? Merci encore pour le dîner. T'es un chic type.

Attentif à ne pas envenimer la situation, Cédric se garde de répondre. C'est alors qu'un domestique pousse Éliane sans ménagement dans la pièce.

—Éliane Guetty! jubile Samantha.

—Prisca Gondo! rétorque Éliane.

—Tu m'as enfin reconnu? Quel exploit! se félicite Samantha. Au fait bravo pour Yohan, mais tu n'as fait que retarder l'échéance.

—Si tu touches à un seul cheveu de mon fils! menace Éliane.

—Du calme, intervient Cédric à l'intention de sa femme.

—Tu l'as entendu? rugit Samantha. Boucle-la ou je te bute à l'instant même! Te crois-tu drôle? Par ta faute, j'ai longuement souffert. J'ai été défigurée, ma chère Éliane, tout cela par ta faute. J'ai subi de multiples opérations chirurgicales. Si j'ai tenu le coup, c'était uniquement pour me venger!

—Par ma faute? En quoi suis-je responsable de tes déboires? rétorque Éliane. Tu m'as trahie. Tu as failli foutre en l'air mon mariage, et moi, je serais responsable de tes déboires? Entre nous, c'était une impossible amitié et tu le sais!

—Changement de scénario! dehors Cédric! hurle Samantha. Je m'occuperai de toi plus-tard!

Les yeux emplis de panique, Cédric se lève lentement pour sortir de la pièce. Timothy le récupère immédiatement et le tient en joue avec son arme munie d'un silencieux. Pendant ce temps, le Colonel Isaac Lago et ses hommes neutralisent les uns après les autres, les sentinelles de la résidence.

—À nous deux Éliane!

Samantha toise Éliane avec tout le mépris dont elle est capable. Tandis que se referme la porte, elle tire au jugé une balle qu'Éliane parvient à esquiver.

—C'est cela, ricane-t-elle. Combien de temps tiendras-tu?

Des bruits de lutte et un coup de feu tiré dehors attirent son attention. Tandis qu'elle se rapproche de la porte pour en avoir le cœur net,

Éliane lui balance à la tête un vase en porcelaine qui trônait sur la table. Étourdie, Samantha perd l'équilibre et lâche le revolver qui roule sous un meuble. Folle de rage, elle se jette sur Éliane qui tentait de gagner la porte.

—Où cours-tu comme cela?

Une lutte à mort s'engage entre les deux femmes. De condition plus robuste, Samantha semble avoir l'avantage. Tous les objets présents sur la table roulent au sol. Un immense plateau en cristal se fracasse en mille morceaux en un bruit assourdissant. S'emparant d'un énorme morceau, Samantha taillade Éliane au bras. Dehors le Colonel Isaac et ses hommes ont réussi à libérer Cédric des mains de Timothy. Ce dernier proprement menotté, attend son transfèrement à la Maison d'Arrêt. Le Colonel Isaac donne l'assaut dans la chambre.

Immobilisée au sol, Éliane se débat de toutes ses forces contre l'emprise de Samantha Lonin qui entend lui trancher la gorge avec son gigantesque débris de verre. Une rafale d'arme automatique claque dans l'air, tandis que la porte s'est ouverte à toute volée.

La bouche emplie de sang, Samantha retombe lourdement sur le côté avec son morceau de verre cassé. Cette fois-ci, Prisca Gondo est bien morte.

Au domicile de Cédric et Éliane, c'est le chaos. Tout à coup, le chauffeur énervé a surgi de nulle part, visiblement prêt à découdre avec le petit groupe coincé au salon. Bondissant de la cuisine avec un énorme couteau, il se dirigeait sur Mâ Rolande et les enfants lorsqu'une rafale d'arme automatique l'a cloué au sol.

Le jardinier et la cuisinière qui accouraient avec des gourdins se sont heurtés à la force de frappe des agents des forces spéciales. Les jeunes femmes innocentes se sont révélé des agents super entraînés qui les ont tout de suite neutralisés.

C'est alors que des hommes de Samantha Lonin accourus de la villa d'en face pour prêter main-forte se sont heurtés à des militaires jaillissant d'un coin de la rue. Ils ont battu en retraite et la traque s'est poursuivie dans la villa pour démasquer totalement un réseau de narcotrafiquants, proxénètes et trafiquants d'organes humains. Dans la villa de Cédric, le chauffeur de Mâ Rolande est découvert proprement ligoté et bâillonné. Tous les autres domestiques sont mis aux arrêts et écroués à la Maison d'Arrêt. Leurs premières déclarations révèlent la planification d'un massacre en règle sous le couvert d'une intrusion d'émeutiers dans la villa des Oulaï.

Restée en compagnie du petit Yohan et de ses propres enfants, Irène croise les doigts et invoque tous les Saints afin que les nouvelles soient bonnes. Irène doit beaucoup à Cédric et Éliane grâce à qui elle a pu rencontrer Isaac Lago. Au départ, Éliane lui a gracieusement allongé de l'argent pour qu'elle puisse étoffer son commerce. Puis Cédric et Éliane l'ont introduit dans leur cercle d'amitié où elle a pu rencontrer Isaac Lago. La jeune fille qui luttait une place assise dans le *gbaka*[2] d'Akouédo en direction du *marché gouro d'Adjamé*[3] est devenue une femme d'affaires, une épouse et une mère comblée.

Les retrouvailles sont très émouvantes entre Cédric et Éliane.

—Je t'assure que je ne l'ai pas fait exprès, s'excuse-t-il les prunelles larmoyantes et emplies d'un sincère regret.

—Comment pouvais-tu savoir? murmure Éliane soulagée de la fin de cette terrible épreuve.

—Hé! les tourtereaux! Vous n'en avez pas terminé? les chahute Isaac. Vous savez, les câlins, c'est pour plus-tard.

Cédric et Éliane se jettent en pleurant de reconnaissance dans les bras d'Isaac. Malgré son étoffe de dur à cuire, Isaac essuie quelques larmes d'émotion.

—Tu comptais t'en aller sans me dire adieu? Ça ne se fait pas, mon vieux!

La voix empreinte de sanglots contenue, Isaac allonge des tapes affectives dans le dos de Cédric.

---

[2] Minibus assurant le transport communal
[3] Marché de gros situé au cœur d'Abidjan

Éliane qui saigne de l'avant-bras est tout de suite prise en charge. Un peu plus-tard, Irène est très soulagée de les voir tous rentrer. Cédric et Éliane embrassent le petit Yohan à n'en point finir. Les enfants d'Irène et Isaac reçoivent également leur lot de câlins. Le jeune motocycliste est chaleureusement remercié. Il se joint naturellement au groupe qui raccompagne Cédric, Éliane et le petit Yohan. Il fait un peu partie de la famille maintenant.

La rue est noire de monde. La villa de Cédric et Éliane refuse du monde. La famille de madame Gola très angoissée est accourue aux nouvelles. D'autres voisins sont spontanément venus soutenir Mâ Rolande et les enfants et témoigner de l'affection à Cédric et Éliane. Les téléphones portables de Cédric et Éliane crépitent sans arrêt : Maryline et Albert, ainsi que tous leurs amis et les sœurs de Cédric émigrées à l'étranger voudraient tous s'enquérir de leur état.

La nouvelle de la mort de Samantha Lonin se propage telle une traînée de poudre. Toute la ville en parle longuement. Les enquêtes ont permis de retracer le profil de la dangereuse voisine de Cédric et Éliane Oulaï. De son vrai nom Prisca Gondo, elle est soupçonnée d'avoir assassiné son mari, un médecin promu à une brillante carrière.

Émigrée aux États-Unis où elle a subi de multiples opérations de refonte faciale, elle a ensuite évolué dans l'univers de la mode et des narcotrafiquants. Sa liaison avec un gros bonnet local lui a permis de mener divers trafics en toute impunité. Suite au rapport du Colonel Isaac Lago, une enquête minutieuse permet de remonter à l'amant de Prisca Gondo alias Samantha Lonin, et de mettre aux arrêts plusieurs personnages influents.

Traumatisés par les récents événements, Cédric et Éliane vendent la villa et emménagent dans le périmètre d'Irène et Isaac. Le petit Yohan est inscrit dans une nouvelle école située dans les alentours de la maison.

À Noël, Cédric achète des billets d'avion et emmène toute la famille se ressourcer dans le Maryland. Le chauffeur de Mâ Rolande est associé au voyage, de même que le jeune motocycliste qui conduisit Éliane à l'école de Yohan. Il fait dorénavant partie de la famille. Cédric lui a offert un meilleur boulot et une aide au logement.

D'un commun accord, tous les enfants de Mâ Rolande se retrouvent dans le Maryland chez la sœur aînée de Cédric, pour des instants de bonheur à l'occasion de Noël et du Nouvel an. Autour d'un gigantesque sapin, les enfants apprennent à mieux se connaître. Ce sont des courses poursuites, des concours de bonhommes des neiges ou des batailles de boule de neige. Mâ Rolande complètement ragaillardie, considère pensivement Éliane dont la silhouette s'est visiblement épaissie:

—Toi ma fille, tu es sure que tu ne me caches rien?

—Vous avez le don de deviner les choses, confesse Éliane en clignant de l'œil.

—C'est bien ce que je pense? sourit la vieille dame transportée d'allégresse.

—Bah oui! c'est bientôt le petit quatrième, la famille va s'agrandir.

—Mon amour…

Les prunelles enamourés, Cédric contemple sa femme. Mâ Rolande s'éclipse sur la pointe des pieds afin de les laisser en tête-à-tête. Cédric se rappelle avec précision la mise en route du petit quatrième. Étreignant très fort Éliane, il lui murmure à l'oreille :

—Je te l'avais dit que rien ne nous séparerait.

Lui enserrant délicatement la paume dans la sienne, il la conduit dans l'intimité de la chambre qui leur est allouée. C'est la première fois depuis la dure épreuve qu'ils ont traversé que l'appel de l'amour les unit. Avec des gestes infiniment délicats, Cédric dévêt sa femme.

—Éliane mon amour…

Ses lèvres recherchent les siennes avec avidité. Ses mains emprisonnent ses seins volumineux aux sombres aréoles. Cet enfant qui germe dans les entrailles d'Éliane, c'est le plus beau cadeau que la Providence leur accorde à l'orée d'une nouvelle année. Ils ont exorcisé tous les démons du passé. Jamais plus, ils n'introduiront d'inconnu dans leur intimité. Chaque expérience, même la plus douloureuse, est une leçon qui vaut son pesant d'or.

—Je t'aime infiniment, murmure Éliane au petit bonheur.

Au salon, le petit Yohan qui voudrait prendre ses parents à témoins d'une bisbille entre frères et sœurs, se heurte à sa grand-mère.

—Pas si vite, le retient Mâ Rolande. Papa et maman ont besoin d'être seuls.

Dans l'intimité de la chambre, Cédric et Éliane se redécouvrent et s'abandonnent totalement au bonheur de l'union charnelle. C'est si bon d'aimer et de l'être en retour. Un sentiment pur, intemporelle les unit.

—Je t'aime Éliane. Comment est-ce possible de tant aimer?

—Amore mio[4]…

Dans l'esprit d'Éliane qui s'abandonne à l'orgasme, défilent des images de leur lune de miel à Venise. Il y avait une gondole, une mandoline et une magnifique sérénade.

Fin

---

[4] Mon amour, en italien

Conception et mise en page

LCDORE La Cloche-d'Or éditeur

3ème trimestre 2020

9 791094 660188